岩 波 文 庫

32-209-2

奴 婢 訓

他 一 篇

スウィフト作
深町弘三訳

岩 波 書 店

Jonathan Swift

DIRECTIONS TO SERVANTS

1745

A MODEST PROPOSAL

1729

目　次

奴婢訓

奴婢一般に関する総則

御主人の呼んだ当人がその場に居ない時は誰も返事などせぬこと。お代りをつとめたりしていてはきりがない。呼ばれた当人が呼ばれた時に来ればそれで十分と御主人自身認めている。

過ちをしたら、仏頂面で横柄にかまえ、自分の方こそ被害者だという態度を見せてやる。怒ってる主人の方から、じきに折れて来る。

仲間の者に不埒（ふらち）な所業があるのを知っていても御主人には黙っていること、おしゃべりと思われてはいけないから。ただし、例外が一つだけある。それは、みんなから当然嫌われているお気に入りの朋輩（ほうばい）の時で、この場合は、悪いことをみんなその当人にかずけておくのが賢明と言わねばならぬ。

コックもバトラーも別当も市場係も、その他お邸（やしき）の金銭支出に関係のある召使は、主人の収入の全部が自分担当の仕事に当てらるべきもののように振る舞うこと。例えば、コックは主人の収入を年に千ポンドと睨んだら、年に千ポンドあれば肉は十分買える、だからけちけちするには及ばない、と結論してよし。バトラーも別当も馭者も同じ筆法でいく。それで、あらゆる方面に不足がなく、御主人の顔も立つというもの。

人前で叱られた場合(奥様、旦那様には恐縮ながら、人前で召使を叱るのはお行儀の好いこととは申せませぬ)、親切なお客があやまってくれることがある。その時は自己弁護の資格が与えられたわけで、その後は、叱られた時はいつも主人の方が間違っているのだときめてよろしい。事の顚末を話して聞かせれば朋輩が有利な解釈をしてくれることは確実だから、その考え方の正しいことが一層確かめられるわけ。だから、前にも言ったように、叱られた時はいつも、こっちが被害者だというような仏頂面をして見せるに限る。

使いに出た召使が必要以上に手間取って、二時間、四時間、六時間、八時間、かそこいら帰って来ないことがよくある。誘惑は強く、木石ならぬ身の抗し難きこともあろうというもの。帰ると、旦那様は怒鳴る、奥様はお小言。裸にするの、ぶんなぐるの、お払い箱だの、お定まり文句。だが、ここで、あらゆる場合に通用する言訳を用意しておかねばならぬ。例えば、伯父さんが今朝八十マイルの遠方からはるばる会いに来て下さって、明日夜明けに帰られるのです。困っている時に金を貸してやった或る朋輩がアイルランドへ逃げようとしていたのです。西インドのバルバドス島[1]へ出稼ぎに行く昔馴染とお別れをしておりました。父親が牝牛を送ってよこして売ってくれと言うのですが、夜の九時まで商人が見つかりませんで。今度の土曜日に縛り首になる従弟と最後のお別れをしておりました。石ころで足を挫いて、店で三時間休んでからでないと一歩も動けませんでした。屋根裏部屋の窓から汚物を投げかけられまして、洗濯して臭いの抜けるまでは恥ずかしくて帰れませんでした。水夫になれと言われて治安判事様の前へ引っ張って行かれ、お取調べまでに三時間待たされ、やっとこさ放免されて来ました。支払い不能者と間違えられて執行吏に捕まり、一晩中収容所にとめておかれました。旦那様が酒場へ行かれ災難にお遭いになったと教えられ、悲しくてたまらず、ペルメルとテムプル・バーの間の酒場を軒並探し歩いておりました。

　主人の損になっても商人に味方すること。買物に出された時は決して値切ったりせず、言い値で鷹揚に買い上げる。これは御主人の名誉になることだし、上前がこっちのポケットにころがりこむかも知れぬ。主人が金を出しすぎたとしても、それ位の損は、商人の身に引き較べれば、御主人にとって何でもないこと、と考えるべし。

自分が雇われている当面の仕事以外には指一本動かしてはならない。例えば、別当が酔っぱらっているか留守かで、バトラーが厩の戸を閉めろと命令されたら、「旦那様、私は馬のことはさっぱり存じませんので」と、直ぐ答える。掛布の片隅に釘一本打てば留められるという時、従僕がそれを命ぜられたら、そういう仕事は私にはわかりません。家具屋をお呼び下さい、と申し上げる。

出た後の扉を閉めないと言って御主人方はよく召使相手に口喧嘩をなさるが、扉は閉めるためには開いてなくちゃならない、開けて閉めるのは二重の手数だ、だから、最善最短、最も容易な方法はどちらもやらないことだ、とは旦那様も奥様も考えない。だけど、あんまりうるさく扉を閉めろと言われて、簡単に忘れることが出来なくなった場合は、家鳴震動物凄く思い切り扉を叩きつけて、御命令を守っておりますということを、旦那様と奥様に思い知らせてやることだ。

自分が旦那様か奥様のお気に入ってることがわかったら、機会を見てごく穏やかに、お暇を頂きたい、と申し出てみる。理由を聞かれ、主人の方に手離したくない様子が見えたら、こう答える、御一緒に暮らしてゆきたいのは山々だが、召使が立身したいと願うのも咎むべきではない、御奉公が親譲りというわけでもない、お邸は仕事が多くて給料はえらく安い。すると、寛大な主人なら、暇は呉れないで、給料を四半期に五シリングか十シリング増やしてくれる。だが、それがうまく行かなかった場合、出て行きたくなかったら、仲間に説かれて暇を貰うことは思いとまったと、仲間の口から主人に言わせるがよい。

昼間ちょろまかすことの出来る旨い物は何でも取っておいて、夜、仲間と楽しむこと。一杯飲ましてくれるならバトラーも入れてやるがよい。

自分の名前と情婦の名前を蠟燭の煤で台所や召使部屋の天井に書きつける、字が書けることを見せるために。

年が若くて顔に自信があったら、食卓で奥様に囁く時、頰ぺたに鼻を押しつけてやる。口の匂いがよければ、顔に息を吹きかけてやる。これがお邸によっては大変良い結果を生んだことを知っている。

三度か四度呼ばれるまでは、行かないこと。口笛一つで飛んで行くのは犬だけだ。旦那様が「誰か」なんて呼んでも、誰も行く必要はない。「誰か」なんて名前の者は居りはしないのだから。

召使部屋の陶器のコップが全部こわれてしまったら(これは普通一週間中のことだ)、銅の壺で十分間に合う。ミルクを沸かすことも、お粥を温めることも、弱ビールを注ぐことも出来るし、必要とあれば便器の代用にもなる。だからいろんなことに区別なしに用いてもよい。だが、決して洗ったり磨いたりしてはいけない、錫が剝げると悪いから。

召使部屋で食事用のナイフの使用が許されていても、それはしまっておいて、専ら御主人のを使うこと。

召使部屋や台所の椅子、腰掛、テーブルは脚を三つ以上持たさないことを掟とする。これは私の知ってる何処のお邸でも古くからの仕来りで、二つの理由に基づくそうだ。一つは、召使達がしょっちゅうよろよろの状態にあることを示すため。第二に、召使どもの椅子やテーブルが御主人方のより少なくとも一本位脚が少なくたって、それは謙遜上当り前のことと考えられたこと。コックだけはこの掟の例外で、昔からの習慣として正餐のあと休むための安楽椅子が許されているが、それだって三つ以上脚があるのを私は滅多に見たことがない。ところで、召使用の椅子の脚がこのように不揃いなのが流行なのは、哲学者によると二つの原因に基づく――国家や帝国に一番大きな変動を起こす原因、即ち、恋愛と戦争である。腰掛、椅子、テーブルは普通わるふざけや小ぜりあいで先ず第一に取り上げられる武器だし、平和恢復後も、椅子は余程岩乗なものでない限り、恋愛ごっこで被害を受けるおそれが多い、コックは大概肥(ふと)っていて重たいし、バトラーはほろ酔いだから。

お女中方が下袴(ペチコート)をピンでつまみ上げて町をお歩きになる、野暮な恰好(かっこう)は我慢が出来ぬ。下袴(ペチコート)が汚れるからなどとおっしゃるのは愚かな口実というもの。御帰邸後、磨いた階段を三、四度昇り降りするという簡単な(汚れ取りの)方法があるのだから。

同じ町内の朋輩仲間とおしゃべりをする時は、表口の戸を開け放しておいて、帰る時にノックをしないで入れるようにしておくこと。さもないと、出ていることが奥様に知れて、お小言を頂戴すること必定だから。

皆の衆に一致和合を心から私はおすすめする。が、誤解してはいけない、お互い同士の喧嘩は御随意。ただ、旦那様、奥様という共通の敵があり、守るべき共同目的のあることを、夢忘れてはならぬ。年寄の申すことに間違いはない。仲間を陥れようと御主人に告げ口などする奴は、みんなが腹を合わせて叩(たた)き潰(つぶ)してやるべきだ。

召使の普通の会合場所は、寒暑を問わず、台所。およそお邸中の大問題は、厩舎(きゅうしゃ)、搾乳場、食料部屋、洗濯場、酒蔵、子供部屋、食堂、奥様の寝室、そのいずれに関する問題にせよ、すべて台所で論ずること。そこなら、みんな本領を発揮して、笑おうが、怒鳴ろうが、ふざけようが、絶対安全というもの。

誰か酔っぱらって帰って来て御前に出られない時は、みんなしめし合わせて、加減が悪くて寝ております、と主人に告げること。すると、奥様が御親切に、可哀相(かわいそう)な病人のために結構なものを命じて下さることもあろう。

旦那様と奥様お揃いでお食事か夜の訪問にお出掛けの際は、お邸に召使は一人だけ残しておけばよい、靴磨きの小僧を引っ張って来て玄関番と(子供のある家なら)子供の世話をさせれば、その心配も要らないわけだが。で、誰が残るかは籤引(くじび)きで決める。残った者は、現場を抑えられる心配なしに、色女としっぽり楽しめる。こういう機会は時たまにしか来ないのだから、決して逃がしちゃいけない。家に一人残っている限りは、一同みんな絶対安全。

旦那様か奥様が御帰館になって、お呼びになった当人がたまたま外出中の時は、従弟が危篤という使いで、ついたった今出掛けました、と答える。

旦那様に名前を呼ばれて、四度目にやっと答えたとしても、何も急ぐには及ばぬ。来るのが遅いと叱られたら、何故(なぜ)呼ばれたのかわかりませんでしたから、と答えて悪いはずはなかろうというもの。

過ちを叱られた時は、部屋の出がけや階段の途中で、聞こえよがしにぶつぶつ言うと、冤罪と思わせる効果がある。

旦那様や奥様のお留守中にお客があっても、その名前を覚えようなんて努力はせぬこと、ほかにまだ覚えなくてはならぬことが有りすぎる位あるのだから。それに、そんなことは門番の役目で、門番が置いてないのは旦那様が悪いのだ。大体、名前を覚えるなんて出来るこっちゃない。きっと覚え違いをやるだろうし、さればといって、書くことも読むことも出来ないのだもの。

出来たら、旦那様や奥様に嘘を吐かないこと、三十分間以内に発見されないという見込みがあるなら格別だが。

仲間の誰かにお暇が出たら、旦那様も奥様も御承知でなくとも、そいつの落度を洗いざらい申し上げる、また他の連中のやった悪いこともみんなそいつにかずけてやること（実例をあげて話すこと）。何故もっと前に教えてくれなかったかと聞かれたら、「お腹立ちを恐れたものですから。それに、私が何か悪い考えを持っているように思われそうで――」と、答える。家に子供達が居る場合には、これが召使どもの気晴らしの大きな邪魔になる。唯一の方法は、お菓子で買収して、お父さんお母さんに告げ口しないようにしておくこと。

田舎(いなか)のお邸に奉公していて、お泊り客の出発が予想出来たら、召使全員ずらりと立ち並んで、客がどうしてもその間を通り抜けねばならぬように仕向けてやる。それでも心付けを貰えない者がもしあったら、そのお客は余程図々しいか、懐工合(ふところぐあい)が淋(さび)しいか、どちらか。して、その時のお客の出方一つで、次に来た時の待遇を変えることを忘れないこと。

現金を持って店へ買物に出され、丁度そのとき嚢中(のうちゅう)払底だったら、金は失敬して、品物は帳面で受け取っておく。御主人にもお前さんにも名誉になることだ、御主人はお前さんの推薦で掛買いをしたことになるから。

奥様のお部屋へ御用で呼ばれた時は、必ず戸口に立って、扉を開けておき、お話の間中錠前をいじくり、把手(とって)に手をかけ、出しなに扉を閉めることを忘れぬようにすること。もし旦那様か奥様が一度でも間違って叱ったりすることがあれば、もうしめたもの。何か過ちを仕出かした度ごとに、いつかの間違いを御主人に思い出させて、今もこちらは潔白なのだという顔をして見せる。

お暇を貰うことに決めたが、旦那様の気を悪くするのがこわくて話が切り出せないという時、一番いい方法は、急にいつも以上に横柄な図々しい振舞を見せて、主人の方でどうしても追い出さねばなるまいと思うように仕向けること。そして、一度お邸を出たら、今度は仕返しに、口が無くて遊んでいる仲間達に御主人と奥様のことを悪しざまに吹聴して、そのお邸に奉公しようと言い出す者が一人もないようにしてやる。

お風邪を召すことをこわがる気むずかし屋の御夫人方が、女中や下男どもが裏庭への出入りにしばしば扉を開け放しにすることにお気が付かれて、鉛の大きな丸をゆわえた縄と滑車の仕掛けで扉が自然に閉まり、開けるのにはうんと力が要るような工夫を遊ばした。仕事の必要上朝のうちに何度となく出入りしなくてはならない召使達には、これはえらい苦労である。しかし、工夫の才は大したもので、利巧な連中がこの我慢のならぬ不便に対抗するうまい方法を見つけ出し、鉛の重さが効き目のないような工合に滑車の動きをとめてしまった。とはいうものの、私自身に言わせると、扉の下に石でもころがして、扉が始終開いてるようにした方がましだと思う。

召使の蠟燭立ては大ていこわれている、こわれないものなんてこの世にないんだから。だが、便法はいくらでも見つかる。壜に突きさしてもよし、バターの塊で壁板にくっつけてもいい。角製火薬筒、古靴、折れたステッキ、ピストルの銃身。テーブルに蠟を垂らして立ててもよく、コーヒー碗、コップ、角製蓋付き盃、茶壺、ひねったナプキン、芥子瓶、インキ入れ、牛の脛骨、捏粉、何にでも立てられる。パンに穴をあけてそこへ突きさしたっていい。

近所の朋輩を招いて、夜、家で楽しもうという時には、台所の窓を叩いたり擦ったり、こっちにだけ聞こえて、旦那様や奥様には聞こえない特別な方法を教えておくこと。時ならぬ時刻に旦那様や奥様を邪魔したり驚かしたりしないように気をつけなければいけない。

愛犬、飼猫、猿、鸚鵡、子供、近頃お払い箱になった召使——落度はすべてこいつらのせいにしてしまうこと。この方法で、自分の弁護が出来るし、ほかの誰にも迷惑はかけないし、叱る手数と煩わしさを旦那様と奥様に省いてあげることが出来る。

やりかかった仕事をするのに適当な道具がない時、その仕事をやらずにおくよりは、考え出せるあらゆる便法を用いた方がいい。例えば、火掻きが見当たらぬかこわれていたら、火挟みで火を掻き起こす。火挟みも手近になかったら、鞴の口、シャベルの握り、煖炉箒、雑巾箒の柄、旦那様のステッキ。鳥の毛焼きに紙がほしかったら、家にある本を手当り次第破いて使う。靴を拭く布切れがなかったら、窓掛けの端かダマスク緞子のナプキンで拭いておく。お仕着せの飾り紐を抜いて靴下止めにする。バトラーが便器入用だったら、銀の大カップを使用するがいい。

蠟燭を消す方法は沢山ある、みんな教わっておくがよい。先を壁板におしつけると、心は直ぐ消える。床の上に置いて足で踏み消す。逆様に持って蠟が垂れて自然に消えるのを待つ。燭台の承け口へ突きこむ。手に持って消えるまでぐるぐる振り回す。小便をして床へ入る時、蠟燭の先を便器の中へ一寸つける。人差指と親指を唾で濡らして心をつまんで消す。コックは碾割粉の桶へ、馬丁は燕麦の桶、乾草束、敷藁堆の中へ突っ込めばいい。小間使は姿見鏡におっつけて消せばいいが、蠟燭の心ほど鏡をきれいにしてくれるものはまたとない。だが、一番手っ取り早い最善の方法は、息で吹き消すこと。後がきれいだし、今度火をつける時、つきやすい。

告げ口をするやつほど有害なものはない、みんなが一致してそいつに当たることを第一の仕事にしなければならぬ。当人の役目が何であろうと、あらゆる機会を捕えて、そいつのやりかかってる仕事をぶちこわし、万事にそいつの邪魔をしてやること。例えば、バトラーだったら、食器部屋の戸が開け放してある隙にコップをこわす。犬か猫をその中へ閉じこめても同じ効果をあげる。フォークやスプーンを飛んでもない所へ置いて、見つからなくしてやる。コックだったら、向うを向いてる隙に、煤の塊か塩を一摑み鍋の中へ放りこむ、垂れ受け鍋にくすぶってる石炭を投げこむ。煙突の裏で焼肉を汚す、焼串回転器の鍵をかくす。従僕が怪しかったら、新しいお仕着せの背中にコックにいたずらさせてやる、または、スープ皿を持って行く後から、コックが柄杓に一杯スープを入れてそっとついて行き、階段を昇って食堂までずっとスープをこぼしておいてから、奥様に聞こえるくらい大声で女中が騒ぎ立てる、という手もある。腰元というやつは、お気に入りになりたい一心で、この告げ口の犯人にすこぶるなりやすい。この場合は、洗濯女が洗濯中に当人の肌着を破り、しかも洗濯は中途半端にしておく。それに愚図愚図言ったら、えらい汗かきだ、おそろしく身体の汚い女で、台所の下働きが一週間かかって汚すよりももっと汚く、一時間で肌着を汚してしまう、と家中に言い触らしてやる。

細則篇

第一章　召使頭(Butler)(2)

私の長年の経験の示す所では、バトラーこそこの奴婢訓中の主要人物である。バトラーの仕事は一番変化に富み、最も正確を要するものだから、思い出せるだけその職務を各方面にわたって調べ、それに従って指図をしよう。

食堂の食器戸棚の統領としては、出来るだけ自分の手数を省き、主人の酒盃を節するように心懸ける。だから、先ず、卓を共にする客は友達同士と当然考えていいから、一々洗わず同じ盃で酒を飲ませる。そうすれば、手数が省けるばかりでなく、盃をこわす危険が少なくなる。少なくとも三度所望されなければ客に酒を出さない。こうすれば、遠慮深い客や忘れっぽい客は段々酒を所望しなくなり、主人の酒の節約になる。

罎詰エール[3]を所望する客があったら、先ず罎を振って中味があるかを試し、次に、中味が何であるかを自ら味わって確かめ、最後に、罎の口を掌で拭いて、自分のきれい好きであることを証明する。

コルク栓は罎の口でなく罎の腹の中へ入れておくようにする。コルクに黴が生えたり、酒の中に澱が浮かんだりすれば、それだけ旦那様のお下りが増える。

たまたま席に身分卑しい客、お抱え牧師、家庭教師、厄介になってる親戚などが居て、主人や一座のお客から余り尊敬されていないことを知ったら(こういうことの発見、観察には召使ほど素早いものはない)、バトラーと従僕は目上のお手本に倣って、その客を他よりも数段劣った者として待遇する。これほど主人を、少なくとも奥様を、喜ばすものはない。

食事の終り近くに弱ビールを所望する客があっても、わざわざ酒蔵へ降りて行くには及ばぬ。こぼれたのや余ったのを盃やコップや盆などから寄せ集めて間に合わせておく。ただし、客の方に背中を向け、見られぬようにすること。これに反し、食事の終り近くにエールを求められたら、蓋付き大盃になみなみと盛って出す。その大部分は残り物となって、朋輩を有難がらせることが出来、御主人のものをちょろまかした罪を感じないですむ。

同じく公明正大な役得として、毎日ワインの壜の大部分をこっちのものにするチャンスがある。それは、旦那様方は壜の余り物はお喜びにならぬと考えてよいから、食事のすんだ後、旦那様方の前に新しい壜をいつも出しておくことにするのだ、前の壜がコップ一杯以上飲んでなくても。

酒を詰める前に壜が黴臭くないように特に注意する必要がある。そのために一本一本壜の口から息を吹きこんでやる。それで、自分の息の匂いしか感じなくなったら、直ぐに酒を詰める。

大急ぎで酒を酌みに酒蔵へ行き、酒が出ないことがわかっても、わざわざ通気孔を開けるには及ばぬ。呑口を強く吹きこんでやれば、直ぐ酒が口の中へ流れこんで来る。でなければ、通気孔の栓を取るんだが、それをまたはめるために愚図ついていないこと、旦那様がお呼びだといけないから。

旦那様の上等のエールを少し味わってみたいと思ったら、壜の口の直ぐ下まで何本でも好きなだけ飲めばいい。ただし、必ず後に水を詰めて、御主人のお酒を減らさないように注意すること。

バトラーとしての、エールと弱ビールの扱い方について最近うまい方法が発見されている。例えば、一人の客がエールを所望してコップの半分だけ飲む、別の客が弱ビールを求める。そしたら、直ぐにエールの飲み残しを蓋付き大盃に移して、エールの入っていたコップに弱ビールを注(つ)ぐ。こうして食事の終わるまであっちへやったりこっちへやったりしていればよい。これで三つの大きな目的が達せられる。第一、洗う手数が省け、従ってコップを割る危険がない。第二、客の所望する酒を間違える心配がない。第三、確実に無駄がない。

エールとビールを遅れずに持って上がることをともすると忘れ勝ちなものだから、食事の二時間前にきっと持って来て、部屋の日当りの好(よ)い所に並べて、職務を怠ってはおりませんということを皆さんに見せる。

壜のエールをdecant(デカント)する(容器へ静かに移すことをこう呼んでいる)バトラーがあるが、これでは底の方のいい所が無駄になる。壜を逆様にひっくら返すやり方の方がいい。酒の分量が二倍に増えて見えるし、一滴も無駄にならないことは確かだし、泡で濁りが隠されもする。

皿やナイフを拭くにも、汚れたテーブルを擦(こす)るにも、当日使用したナプキンやテーブル掛けを用いること。どうせ、皆一度の洗濯だし、それに布巾をすりへらさないですむ。そういう遣り繰り上手の報いには、上等のダマスク緞子(どんす)のナプキンを正当に自分のナイト・キャップに使用出来る結果になる、と私は考える。

食器を磨(みが)く時は胡粉(ごふん)を隙間(すきま)にはっきり見えるように残しておく、磨いたことを奥様が信じてくれないといけないから。

バトラーの腕前は蠟燭(ろうそく)の処置に一番よく現われる。ほかの召使のあずかる部分もありはするが、主要人物として、バトラーだけにこの条項の指図を与えておくことにする。ほかの召使は必要に応じて応用するがよろしい。

第一に、無駄使いを避け、主人の蠟燭を節約するため、たとえどんなにやかましく催促されても、暗くなって三十分経(た)つまでは、決して蠟燭を持って行かぬこと。

承(う)け口(ぐち)は蠟で一杯で、古心が上にのっかってるままに、そこへ新しい蠟燭をくっつける。倒れやすい危険はあるが、客の前で蠟燭がそれだけ長く立派に見える。別の時には、目先を変えるために、承け口に蠟燭をぐらつかせて、底まできれいだということを見せつける。

蠟燭が太くて承け口に入らぬなら、適当に火で溶かして、煤(すす)けを隠すために半分くらい紙で巻いておく。

壁の取付け燭台は蠟燭の無駄が多い。御主人の利益を常に考えるバトラーとしてはその使用を極力阻止するのが当然。だから、両手でうんと押しつけて蠟燭を斜めに立て、御婦人の髪飾りや殿方の仮髪が途中で受け取めてくれなければ、蠟がみんな床の上に垂れるようにする。または、蠟燭をぐらぐらに立て、燭台の硝子に倒れかかって、それを粉々に砕いてしまうようにする。これで、蠟燭と硝子屋にかかる御主人の一年の費用が節約になるし、こっちの骨折りも大いに省ける、こわれた燭台は使えないから。

蠟燭は余り短くなるまで使わないで、正当の利得として、朋輩のコックにやり、台所用品を増やしておく。お邸によってこれが許されない場合は、普段用を弁じてくれる近所の貧乏人に恵んでやる。

パンを切って焼く時、ぼんやり立って見ていないで、火の上にのせておいて、ほかの用事にかかること。戻って来て、焼けすぎていたら、焦げを掻き落として、出す。

食卓の飾り付けに際しては、最上等のコップ類を出来るだけ食卓の端に近く置く。そうすれば、倍の光を放ち、ずっと際立って見える。その結果はせいぜい五つか六つこわれる位のもので、そんなことは主人の懐中にとって些細なこと。

コップ類は小便で洗う、御主人の塩の倹約のために。

テーブルに塩がこぼれていたら、無駄にしないで、食事が終わってから、そっとテーブル掛けを持ち上げ、こぼれた塩を塩皿に集め、翌日の食卓に出す。だが、一番簡単で間違いのない方法は、テーブル掛けを取る時に、ナイフもフォークもスプーンも塩皿もパンのかけらも肉の残りもみんな一緒にくるんでしまうこと、そうすれば絶対に無駄がないことは確か。そっくり窓から振るい落として、乞食どもが食べ滓を平らげる便宜をはかってやる方がいいと考えるなら格別だが。

ワインやエールの澱は壜に残しておく。一々水を入れて振り回すのは時間の浪費というもの。どうせ、ほかのを洗う時に一時にすませることだ。また、その方が壜を割った時の言訳もよく立つ。

黴臭いのや、ひどく汚れたのや、上っ面に殻の出来たワインが酒蔵に沢山あったら、正直な忠告だが、そういうのこそ真っ先に最寄りの酒屋でエールかブランデーと取り換えて来るがよい。

旦那様の所へお使いが来たら、その使いに来た召使には親切にしてやること。旦那様の顔のためにも、預ってる酒の一番上等のやつを振る舞ってやる。折があり次第、向うでも同じ扱いをしてくれる。

夕食のすんだ後、暗くても、蠟燭の節約のため、食器、陶器を同じ籠に入れて運ぶ。食器部屋の勝手はよくわかっていて、暗がりでも並べることは出来るのだから。正餐の時なり、夜分なりにお客があることがわかっていたら、外出して、鍵がなくて何も取り出せないようにしてやる。御主人の酒の節約になり、食器はすりへらない。

さて、遣り繰りの一番大切な部分へ来た。ワインを樽から壜に移す仕事だが、ここで心懸くべき三つのことは、清潔と節倹と兄弟愛。コルク栓は出来るだけ長いのにする。壜ごとに首の所で倹約が出来る。壜はなるたけ小さいのを選ぶと、数が増えて旦那様のお気に入る。大きくても小さくてもワイン一本はワイン一本で、旦那様は数さえ揃えば文句は言えない。

壜は、洗った時の水気が残っているといけないから、先ずワインを入れて、よく振る。間違った倹約心から、一ダースの壜を同じワインで洗うのが居るが、もっと慎重に、二本目ごとにワインは入れ換える方がいい。分量は一ジル(4)で沢山。壜を用意しておいて、使った分は溜めておく。役得として売るなり、コックと一緒に飲むなり出来る。

あんまり樽の底まで酌んではいけない。また、濁らすといけないから、樽を傾けないこと。出が悪くなり、曇りが見えて来たら、樽をゆすぶって、コップに入れて旦那様にお目にかける。用心がいいとお賞(ほ)めに預かり、樽の残りは役得として頂戴出来る。翌日樽を傾けておくと、二週間もすれば澄んだ上等のワインの一、二ダース分が好きなように処分出来るというもの。

ワインを壜詰めにする時、嚙煙草(かみたばこ)と一緒にコルク栓を口にくわえる。ワインに煙草の味がついて、酒好きを喜ばせる。

あやしい壜の中味を静かに器(うつわ)に移すことを命ぜられたら、一パイント分出た頃に、手を巧みにゆすって、濁って来たことを、コップの中に明示する。

樽のワインその他を壜に詰めかえる時、直前に壜を水で洗うこと。ただし、水を切ってしまわぬよう気をつける。これをうまくやると、一樽につき数ガロン儲(もう)かる。

この時こそ、旦那様のためにも、同輩特にコックに気前を見せてやるべき時だ。一樽から食卓用ワイン壜の二、三本位どうなったって同じことなんだから。だが、必ず目の前で飲ませること。呉(く)れてやった壜がほかへ回って、旦那様の迷惑になるといけないから。飲んだ当人が酔っぱらったら、寝床へ入らせ、加減が悪いということにしておく。この最後の注意は、男も女も、召使たる者の守ってもらいたいことだ。

樽の分量が思いのほか少ないと旦那様に気付かれたら、わかりきったことじゃないか、容器が漏ったとか、職人が詰める時期を間違えたのだとか、商人が普通量以下の樽をごまかして売りつけたのだとか、言っておけばいい。

食後のお茶の用意をしなければならない時(これがバトラーの役目になっている家庭が多い)、湯を沸かす手間と時間を省くために、キャベツや魚を煮ていた鍋の湯を茶釜にぶちこむ。その方が身体のためにもいい、茶の酸性と腐蝕質を消すから。

蠟燭の節約をすること。ホール、階段の壁燭台や提灯の蠟燭は承け口まで燃えて、自然に消えるまでほっておく。旦那様や奥様が心の臭いにお気付きになると、倹約振りにお賞めの言葉を賜わる。

嗅煙草入れや妻楊枝入れを食卓に置き忘れて行った客があったら、それは役得の一部と心得てよい。召使仲間ではそれは承認ずみだし、旦那様や奥様に迷惑のかかることではない。

田舎のお邸づとめで、宴会にお客様があった時は、その召使達、特に馭者を酔っぱらわせることを、旦那様の名誉のために、決して忘れてはならぬ。何をするにしても、主人の名誉を特別考える必要がある。すべてお邸の名誉というものは、後で証明するように、コック、バトラー、別当の手に委ねられているものだから。

夜食の時、食卓の上に置いたままで蠟燭の心を剪るのが一番安全。燃えてる心が鋏から落っこちても、スープや白ワイン入りミルクやライス入りミルクなどの皿に入って、悪臭も発せず直ぐに消える見込みがあるから。

蠟燭の心を剪った時は心剪り鋏を開いたままにしておく。心が自然に燃えて灰になり、次に剪る時に心が落っこちてテーブルを汚す心配がない。

塩皿の塩が平らになるように、湿った掌でおさえておく。

旦那様と会食のあと客がお立ちの時は、出来るだけ目に付くようにして玄関まで送って行き、折があったらお客の顔をじっと見てやる。多分一シリングにはありつける。客が一晩泊ったら、コック、女中、馬丁、台所の下働き、庭男、全部を引き連れ、玄関までずらりと両側に立ち並んで見送る。お客の出方が立派なら彼の名誉になることで、旦那様には一文の損にもならない。

食卓へ出すパンを切るのにナイフを拭く必要はない、一片二片切れば自然にきれいになる。

壜に酒が一杯あるかどうか見るには、指を突っ込んで見るのが一番確かな方法。触覚ほど間違いのないものはない。

エールや弱ビールを酌みに酒蔵へ行ったら、次の方法をそっくり守るように注意する。掌を上に向け、親指と人差指で容器を持つ。残りの指に蠟燭を挟んで持ち、容器の口の方へ少し傾けておく。呑口の栓を左手で抜き、栓の先を口にくわえ、左手は遊ばせておいて、事故に備える。容器が一杯になったら、口にくわえていた栓をさす。栓は唾に濡れ、唾というやつはぬらぬらするものだから、栓は呑口にしっかりはまる。蠟燭の蠟が容器の中へ落ちたら、(ほっておくのがいやなら)スプーンか指先で楽に取れる。

陶器類を貯っておく押入れには必ず猫を閉じこめておく、鼠が忍びこんで割るといけないから。

コルク抜きの先は、壜の首とどっちが丈夫だか試すものだから、二日位で折れてしまうのが常だ。この場合、折れ残りでコルクを掻き出した後、銀のフォークをお代りに使い、コルクのかけらがほとんど取り出せたら、壜の首を水槽の中で振り回してきれいにする。

度々お邸へ食事に来ながら、何も呉れないで帰る客に対しては、いろんな方法でこっちが不愉快に思ってることを知らせ、相手の記憶をつついてやることだ。パンや飲物を所望されても、聞こえない振りをし、後からの客に先に渡してやる。ワインを呉れと言ったら、しばらく待たしておいてから弱ビールを出してやる。いつもコップは汚れたのをあてがう。ナイフのほしい時に、スプーンを渡し、従僕としめし合わせて料理の皿を配らないでおく。こんな工合(ぐあい)にしておけば、お帰りの時にその客の傍へ行く折を逃しさえしなければ、半クラウン位は多分頂戴出来るだろう。

奥様が勝負事がお好きなら、もうしめたもの。並の賭事で一週十シリングの役得にはありつけよう。そういうお邸でなら、牧師さんより、家令になるよりもまだ、バトラーの方がましというもの。現金(げんなま)で、しかも濡れ手で粟(あわ)だ。もっとも、上等の蠟燭を見つけて来いの、お気に入りの召使に分けてやれだの、おっしゃる奥様の場合は別だが。それにしても、古カードはこっちのものになる。勝負に精が出て、気むずかしくなると、やたらにカードを取り換えるもので、そいつを、喫茶店とか、勝負事は大好きだが新しいカードを買う余裕のない家庭などへ売りつけると、相当の儲けになる。勝負の席に侍(はんべ)る時は、必ず新しいカードを幾組もお客の手近に備えておく。負けのこんで来た連中は目を出そうとして直ぐカードを取り替える。古いのを新しいやつと混ぜておいてもそのまま通ることが度々ある位。勝負のある夜は努めてまめまめしく、蠟燭を用意して席を明るくしてやり、ワインの盆を手許に準備して御用のあり次第お給仕する。ただし、コックと打ち合わせて夜食は出さないようにする、それだけお邸の倹約になることだし、夜食はこっちの儲けを相当減らすことになるから。

カードの次に儲けになるのは酒壜。この役得の唯一の競争相手は従僕で、こいつが壜をこっそり持ち出して、売ってビールを飲もうとする。だが、こういうお邸の悪習はバトラーの面目にかけて防がねばならぬ。ところで、樽の酒を壜に詰める時、壜を割っても責任はバトラーにあるので、従僕は関係がない。そして、バトラーの裁量一つで、実際には割れなくても、割れ壜はいくらでもつくれるのだ。

コップの儲けは些細で言うに足らぬ。硝子屋からの僅かの付け届けと、コップを選んでくれた骨折りと腕前に対して一ポンドに四シリング位の手数料が品物の値段に加えられる位のもの。コップの貯えが豊富にあったら、御主人の知らぬ間に自分の仲間が少し位こわしたって、黙って言わずにおく。食卓に出すのに数が足りなくなったら、初めて、コップがなくなりました、と申し上げる。旦那様には御立腹が一度ですむわけで、一週間に一度も二度もむかつくよりは遥かにましだ。およそ、旦那様、奥様に不快な思いをさせる度数を出来るだけ少なくすることが、良き召使のつとめである。ここにおいて、猫や犬が責任転嫁のために大いに役立つこととなる。

原註――行方不明の壜は、半分は浮浪人やほかの召使に盗まれ、半分は事故やほかの物と一緒に洗う時に割れたことにしておくこと。

ナイフの背を研いで刃と同じ位鋭くしておく。お客様は一方が切れない時、今一方を使えるという利益がある。ナイフ研ぎに骨惜しみをしていないことを見せるために、刃金のいい所や銀の握りの付け根まで磨(す)り減る位、うんと研いでおく。これは家事の始末の良いことを示し、旦那様の名誉になることだし、そのうちいつか金細工師から心付けを貰えることになるかも知れぬ。

弱ビールやエールが気が抜けているのを見て、奥様は、樽の通気孔に栓をすることを忘れたのだろうと言って、お咎(とが)めになる。これは大変な間違い。栓をしとけば、空気が籠(こも)って酒の味を悪くするから、空気を出さなくちゃならないことはわかりきったことだから。でも、奥様がどうしてもお聞き入れがなかったら、一日に何度となく通気孔を抜いたり差したりなんて、たまらないことだから、その手数を防ぐため、夜、通気孔の栓を半分だけ抜いておくことだ。二、三クォートの酒を無駄にするだけで、酒はすらすら出る。

蠟燭を用意する時、包装紙にくるんで、承け口にさす。蠟燭の中途位まで紙を巻く、誰か入って来ると、蠟燭は立派に見える。

主人の蠟燭節約のために何事も暗闇(くらやみ)の中でやること。

第二章　料理人（Cook）

上流の方々の間に男のコック（多くはフランス人）を雇う習慣が行われるようになってから年久しいことを知らぬわけではないが、この拙文は主として都と田舎の普通のナイト爵、地主、物持などの家を目当てに書かれたものだから、専ら御婦人のコックさんにお話し申し上げようと思う。しかし、話の大部分は男女いずれにも通用するはず。また、コックさんは当然前章のバトラーに続くもの、両者は共同の利害を持ってるから。役得も普通平等で、ほかの連中が駄目な時にもちゃんと貰える。夜、家中寝静まった時、お手盛り料理で二人で楽しむことが出来るし、朋輩全部を味方につける力もある。坊ちゃん嬢ちゃんにおいしいものをあげて手なずけるのもお手のもの。バトラーとの間の仲違いは両方にとって甚だ危険で、結局どちらかがお払い箱になるのが落ちだろう。そうなると、新しいバトラーと仲良しになるのは、しばらくは容易じゃない。さて、これからコックさんにお指図申し上げることとするが、一週に一度寝る前に朋輩の誰かにこの文章を読んでもらうようにしてもらいたい。都づとめ、田舎づとめを問わずである、どちらにも通用するお話だから。

夜食の時、奥様が冷肉のあることを忘れておいでだったら、わざわざ思い出させるようなおせっかいはせぬこと、ほしくなかったことは明瞭なんだから。翌日奥様が思い出したら、お言付けがなかったので使ってしまいました、と申し上げる。そして、嘘を吐いたことにならないように、バトラーか誰か仲良しと寝る前にそれを片付けてしまう。

鶏の脚は決して夜食に出す必要はない、それを取って逃げた罪を負わせることの出来る犬か猫がお邸に居る限りは。たまたまそのどちらも居ない時は、鼠か、見知らぬ猟犬のせいにしてしまう。

食卓へ出す皿の底を拭いて台所用の布巾を汚すのは不手際というもの。どうせテーブル掛けが拭いてくれるんだし、テーブル掛けは食事ごとに取り換えるものなんだから。

焼串は使った後で決して拭かないこと。残った肉の脂は一番いい錆止めになるし、今度使う時には、その脂が肉の内部に湿り気を持たせてくれる。

金持のお邸に居る時は、焼いたり煮たりに手を下すのはコックの威厳にかかわることで、そんなことは知らぬ方が似つかわしい。それで、お邸の名誉を汚さぬよう、そんな仕事は下働きの小女（こおんな）に任せておく。

買出しの時は肉を出来るだけ安く値切って買う。勘定書を奥へ出す時には、主人の名誉を傷つけぬよう、最高値段を書いておく。これは当然のことでもある、誰にしたって買ったと同じ値段で売ることの出来るはずはないのだから。それに、この請求が安全であることは保証する。肉屋と鶏屋の言っただけを払ったのだと誓えばいい。

夜食に肉を出せとの奥様のお言付けでも、肉の全部を出さねばならないと考える必要はない。それで、半分は自分とバトラーに取っておく。

腕利きのコックにとっては、手間ばかりかかって大したことの出来ないむだ仕事（と呼ばれるのも当然）は我慢が出来ない。例えば、小鳥料理。おそろしく手がかかり、面倒で、二番串三番串なんてのが要る。序（つい）でながら、この小串というやつは全然不要のものだ。牛の腰肉をさして回すだけ岩乗な串で、雲雀（ひばり）が回せないなんて、実際おかしな話だ。でも、やかましい奥様で、大串では形がくずれることを御心配なら、垂れを受ける鍋（なべ）に小鳥をきれいに並べればよい。羊や牛の焼肉の脂が鳥にかかって、体（てい）よく脂塗りをしたことになり、時間とバターの節約になる。雲雀や鶫（つぐみ）なんかの小鳥の毛むしりにコックが時間の浪費をするなんて不甲斐（ふがい）ない話はない。女中やお嬢さん方の手助けが得られない時は、手っ取り早く、毛を焼くか皮を剝ぐがよい。皮に大した損はなく、肉には全然変りがない。

買出しに出かけた時、肉屋からビフテキやエールの振舞を受けてはいけない。これは主人の面汚しと正直思う。だけど、信用貸しになっていたり、勘定の時に歩合を貰う約束になっていたりするなら格別、そうでない限りは、現金の心付けは貰っておいていい。

台所の鞴は、火挟みや火搔きの代用に火を搔き回すために使用されるので、大概故障を起こしてるが、奥様の寝室の鞴は一番使われることが少なく、従ってお邸中で一番上等の品だから、そいつを借用してくるがよい。それをこわしたり汚したりしたら、台所専用にしてもらう見込みがついたわけだ。

靴磨きの小僧を始終お邸のまわりに居らせて、使い走りに使ったり、雨の降る日に買出しに行かせたりするがよい。着物の倹約になり、それだけ奥様の目に立派に見えるようになる。

焼いた肉の脂とかその他台所の残り物の処分を奥様がこっちに任してくれているなら、その御親切の報いに、肉を十分煮たり焼いたりするように注意する、それを御自分の儲けに取っておくような奥様なら、それ相応にあしらってやる。燃えっぷりの悪い火で我慢なんかしないで、垂れ脂や溶けたバターを時々ぶちこんで、火の威勢をつけてやる。

肉を丸々とふっくら見せるため串にくっついたまま肉を膳に出す。鉄の串も使いようさえよければ時に見てくれをよくするものだ。

肉片の長いのを焼く時は、真ん中だけ気を付けて、両端は生焼けにしておく。次にまた役に立つし、火の節約にもなる。

皿や椀を磨く時、縁を内側にへし曲げて、中味が沢山入るようにする。

小人数の食事の時や家族が外へ食事に出かける時は、台所の火を威勢よく燃やして、その煙を見た近所から家持がいいと御主人が賞められるようにする。だが、大勢のお客が招待されている時には、石炭を出来るだけ倹約する。大部分の肉が生焼けで残り物となり、翌日の料理に使えるから。

肉はいつも井戸水で煮る。川水や水道の水は時々来ないことがある。すると、肉の色が違っているのを見て、奥様から、こっちのせいじゃないのに、お叱りを受ける。

鶏肉がどっさり仕入れてある時は、貯蔵部屋の戸を猫のために開けておいてやる、鼠取りの上手な猫だったら。

雨降りに買出しに出かけなくてはならない時は、奥様の頭巾と外套を拝借する、着物の倹約のために。

日雇女を三、四人始終台所で働かしておく。手間賃はほんの僅か。肉の切れ端、石炭のかけら、燃え滓位のもの。

うるさい仲間を台所に近寄らせないために、焼串回転器を巻く鍵をいつもさしたままにしておいて、入って来たら、頭の上へそれを落っことしてやる。

煤の塊がスープの中へ落っこちて、うまく取れない時は、よく掻き回しておく。スープに高尚なフランス風の味がつく。

バターが溶けても、心配はいらぬ。そのまま食卓へ出す。その方がバターよりもお上品なソースなんだ。

壺や鍋の底を銀のスプーンで擦ること、銅の感じを持たせるといけないから。

ソースとしてバターを出す時は、出来るだけ倹約して半分水みたいにする、その方がずっと身体にもいい。

溶かしたバターに真鍮の味がしたら、銀の鍋を使わせない主人が悪いのだ。おまけに、銀器がなくて困るのはそれだけではすまぬ、そして、新しく錫を被せるには、えらく金がかかる。銀の鍋を使って、バターに煙の臭いがしたら、石炭のせいにする。

手でやれることにスプーンを決して使わぬこと、主人の食器をすり減らすといけない。約束の時間に食事の用意が出来そうにないとわかったら、時計を遅らせる。きちんと間に合う。

真っ赤な石炭を時々垂れ受け鍋に落っことしてやる。垂れ脂の湯気が上がって焼き肉にいい味を付ける。

台所は化粧室と考えるべきではあるが、お便所へ入り、肉を串にさし、鶏の羽を縛り、サラダをつまんでしまうまでは、いや、二品目を出してしまうまでは、決して手を洗わぬこと。いろんなものを扱わねばならないので、手はまだこれから十倍も汚れるのだから。仕事がすんで、一度洗えばそれで間に合う。

お化粧のうち一つだけ、煮たり焼いたりシチューにしたりしている間に、やってもよい。それは髪を梳(す)くこと。ちっとも時間はつぶれない、料理の上へ突っ立って、片手で料理の工合を見、片手で櫛を使えるから。

万一、抜け毛が料理と一緒に運ばれたら、給仕の従僕のうち恨みのある奴にかずけてやれば間違いない。実際この連中と来たら、鍋の浸(ひた)しパンや焼串の肉片を食わせろと言って、それを拒むと意地悪をする。まして、熱いお粥(かゆ)を柄杓(ひしゃく)で脚にぶっかけてやったり、上衣(うわぎ)の裾(すそ)に布巾をくっつけて御主人の前へ行かせてやったりすると、とても性悪な真似(まね)をする。

焼いたり煮たりには、下働きに命じて大きな石炭ばかり持って来させ、小さいのは二階の煖炉用に取っておく。大きいやつが肉の料理には一番良い。それが切れてる時に、料理のへまをやらかしたら、石炭のせいにしてしまえばいい。おまけに、燃えがらを集める女達は、新しい石炭のまじった大きな燃えがらがどっさり見つからないと、家持の悪いお邸だときまって悪口を言う。だから、さっき言ったようにしておけば、肉はうまく調理出来るし、慈善にはなるし、お邸の名誉を上げることにもなり、時には、燃えがら集めの女達から恩返しにエール一杯の御相伴にもあずかれようというもの。

二皿目を出したら、夜食までお邸には仕事がない。だから、手と顔をよく洗って、頭巾と肩掛けを着て、夜の九時か十時まで、友達の所で遊んで来る。——だが先(ま)ず食事をすますこと。

バトラーとの間には堅い友情を結んでおくこと、この結び付きは両方のためになるのだから。バトラーはうまいものをぱくつきたいのだし、こっちはこっちで冷たい良い酒を一杯ひっかけたいのは山々だ。しかし、バトラーは浮気者だから御用心。サック酒⑤

一杯や砂糖入り白ワインで女中たちを誘惑する便利が彼にはあるんだから。

犢の胸肉を焼く時、仲良しのバトラーが臓物料理が大好きだったことを思い出したら、晩までそれを取っておく。犬か猫に取られた、腐れかけていた、蛆がわいていた、とでも言っておけばよい。それがあったって、なくったって、食卓の模様に変りはない。

お客様を長く待たせて、しかも肉は煮えすぎてる(こうなるのが普通だ)という場合には、当然責任は奥様になすりつけてよい。あんまり奥様が早く出せとせき立てるので、煮えすぎ、焼きすぎのままで出さなくちゃならなくなったのだから。

料理がどれもこれもほとんどみんな出来損なうとしたら、どうしたらいいか。従僕が台所へ入って来てうるさくてたまらなかった(ということにして)、それが嘘でない証拠に、折を見てむかっ腹を立てて、お仕着せの一つ二つに肉汁を柄杓でぶっかけてやる。それに、金曜日と「幼児の日」⑥とは週の二つの悪日で、そのどちらでも運が良いということは有り得ないことだから、その二日には正当な口実があるわけだ。

大急ぎで皿を下ろしたい時は、棚を傾げて、一ダースほど、直ぐ手がけられるように、料理台へ一緒にころがり落とす。

時間と手数を省くため、林檎と玉葱を同じナイフで切る。生まれの好いお上品な方々は召し上がる何にでも玉葱の味がするのをお好きなもの。

三、四ポンド分のバターを手でこねて塊にし、料理台の直ぐ上の壁にぶっつけておき、必要に応じてちぎり取って使う。

台所用の銀の料理鍋があったら、十分それを損(いた)め、いつも真っ黒にしておくがよい。こうすることは主人の名誉になる。普段家事の切回しの良いことを証明するから。火にのせる時には鍋の尻(しり)で石炭をこねくり回す、等々。

同じ按配(あんばい)で、台所用の銀の大匙(おおさじ)が許されていたら、しょっちゅう擦(こす)ったり、掻き回したりして、匙の頭の半分位磨(す)りへらしておく、そして度々たのしげに言う——この匙は旦那様にもう十二分の御奉公をしたわけですよ。

スープ、水粥などを、朝、御主人の許(もと)へ出す時は、親指と二本の指で塩をつまんで皿の縁に置くことを忘れてはならぬ。スプーンやナイフの先を使うと、塩をこぼす危険があり、それは不吉の兆しになる。ただ、塩に触る前に、三本の指を嘗(な)めて清めることを忘れないこと。

第三章　従　僕（Footman）

従僕のつとめは性質上雑然として、多種多様の仕事にわたり、旦那様、奥様、あるいは、坊ちゃま、嬢ちゃんのお気に入りになれる見込みが多く、また、女中達から敬愛されるお邸中での好男子でもある。旦那様に対して服装のお手本となることがあり、逆に旦那様に見倣うこともある。あらゆる宴席に侍するから、世間を見知り、人間と生活を理解する機会に恵まれている。贈答のお使い番になるとか、田舎のお茶の会にお供をして行くとか以外には、役得が豊富でない恨みがありはするが、お邸界隈では「さん」付けで呼ばれ、主人のお嬢さんに見染められるというような、思わぬ幸運を拾い当てることがあり、また、軍隊で従僕上がりの連中が羽振りを利かしていた実例を現に自分は沢山知っている。ロンドンでは芝居小屋にお約束の席が取られてあり、そこで才人、劇通ともてはやされる機会もある。賤民どものほかには別に公然の敵はないが、ただ、奥様のお腰元から、時に中間呼ばわりをされることがある。自分は嘗て自ら従僕の一人たるの光栄を持ったものであるから、このつとめには真実深い尊敬の念を抱いている。その光栄をおろかしくも棄て去り、税関などに下らぬ職を求めるの愚を自分は演じてしまった。とまれ、従僕諸君が幸福を摑む足しにもと、ここにいささか訓誡の言葉を述べる次第。これは自分の七年間の実際経験ばかりでなく、思索と観察の成果なのである。

ほかの家庭の秘密を知るために、自分の主人の秘密をしゃべること。かくして、内と外と両方からちやほやされ、重要人物と見なされるようになる。

籠や包みを持った姿を街頭で見られないようにせよ。ポケットに隠すことの出来る以外のものは持って歩くな。さもないと、光栄あるつとめを汚すことになる。そのためには、靴磨きの小僧を荷物運びとして連れて歩くといい。小銭に事欠いたら、パン片、肉のかけらなどを手間にやる。

靴磨きの小僧にはお前さんの靴を先ず最初に磨かせる。お部屋を汚すといけないから。それから旦那様のを磨かせる。そのためや、走り使いのために、常雇いを一人こしらえておくといい、手間賃は残飯。

使いに出された時は、その機会に自分の用事をすませるようにする。色女に会うとか、朋輩とエールを一杯飲むとか。大きな時間の節約になる。

食事の時、従僕が皿を持つ一番便利で上品な方法についてはいろいろ議論がある。椅子の坐る所と凭りかかりとの間に皿を挟んでおく者がある。これは、椅子の構造がそれを許す場合は、中々優秀な方法である。また、皿の落っこちるのを恐れて、親指が皿の窪みの中央まで届く位しっかりと握っている者がある。しかし、これは、親指が乾いてると、決して安全な方法とは言えない。だから、この場合は、親指の腹を唾で濡らしておくがよい。次に、皿の背面を掌の窪みに斜めにのっけておく方法は、奥様方で推奨なさる向きもあるが、事故を起こしやすいので、一般に反対が多い。また、皿をじかに左の腋の下に挟むお上品な者もある。これは皿を温めておくには一番の場所だが、食べ終わった料理を下げる際に危険で、挟んだ皿がお客様の頭の上へすべり落ちることがないとも限らない。以上の方法は私自身しばしば実際に試みたが、どれも皆賛成いたしかねた。で、ここに第四の方法をおすすめする。それは、皿を縁まですっぽり左の横腹、チョッキとシャツの間に挟みこむのである。これは皿を温めておく点では少なくとも腋の下に劣らぬし、皿が隠れて見えないから、知らぬお客には皿持ちなんかやらない上等の召使と見てもらえる。落っこちる気づかいはないし、皿が御入用なお客様にはいつでもちゃんと温まったのを差し出すことが出来る。最後に、この方法にはも一つ便利な点がある。お給仕してる間に咳(せき)やくしゃみが出そうになったら、直(す)ぐ皿を取り出して、窪んだ所を鼻や口におっつけ、唾が料理や御婦人の髪飾りに飛ぶのを防ぐことが出来る。紳士淑女もそういう場合には帽子やハンカチで同じ仕種(しぐさ)をなさる。しかも、そのどちらよりも、皿の方がよごれないし、早くきれいになる。咳やくしゃみが終わったら、皿を元の場所へ戻すだけのことで、入りしなにシャツがきれいに拭(ふ)いてくれるから。

一番大きな皿を取り上げ、片手でそれを置いて見せ、御婦人方に元気と膂力(りょりょく)の程を示すこと。ただし、これは常に二人の御婦人の間でやる。万一皿がすべっても、スープやソースが御婦人の衣裳(いしょう)にかかって、床(ゆか)をよごさないために。この方法で、私の嘗ての友人、二人の従僕が大きな幸運を掴(つか)んだ。

新流行の言葉、呪詛(じゅそ)、歌謡、台詞(せりふ)の断片などを覚えられるだけ覚えること。十人のうち九人の御婦人に喜ばれ、百人のうち九十九人の伊達男(だておとこ)の羨望(せんぼう)の的(まと)となる。

上流の方々のおいでになる、特に食事中の、或る時期に、仲間の者がみんな一緒に部屋から出てしまうようにうまく工夫すること。肩の凝る御給仕からしばらく息を抜いて休むことが出来るし、同時に、お客様は召使が居なくなってこだわりなく自由なお話がなされるわけ。

使いに行った時は、たとえ先方が公爵や公爵夫人でも、用向きを述べるには、旦那様や奥様の言葉でなく、こっちが使い慣れた言葉で話すこと、何といっても、使者の役目を一番よく心得ているのはその道で苦労した従僕さまなのだから。だが、お返事は、求められるまでは、申し上げない。申し上げる時は自分流儀に言葉を飾っておく。

食事が終わったら、食器の山を台所まで運ばねばならんが、階段の上まで来たら、そこから全部ころがり落としてやる。手数が省けるだけでなく、特に銀の器（うつわ）だったら、これほど愉快な音や見ものはまたとない。しかも、台所の入口近くにちゃんと止まって、下働きの洗うのを待っている。

肉の皿を持って行く途中、食堂へ入る前に、皿が手からすべって、肉は床にころがり、ソースがこぼれてしまったら、肉をそっと拾いあげ、上衣（うわぎ）の裾（すそ）で拭き、元の皿にのせて、お給仕する。奥様がソースのないのに気付かれたら、別の皿に入れて出します、と言っておく。

肉の料理を持って上がる時、ソースに指を突っ込むか、舌で嘗（な）めてみるかして、それが旦那様の召し上がるに適当かどうか吟味する。

奥様がどんな相手をお友達として持ったらいいかが一番よくわかるのは従僕である。

それだから、御挨拶(ごあいさつ)や用件で大嫌いなお邸へ使いに出された時は、帰ってからの御返事を、両家の間に長く仲違(なかたが)いを起こさせるような言い方で申し上げる。また、件(くだん)のお邸から同じようなお使いに従僕が来たならば、申し上げるように奥様から命令された御返事の文句を、先方が侮辱されたと取るかも知れないような言葉で伝える。

人の家に泊って、靴磨きが雇えない時は、カーテンの端、新しいナプキン、その家の女主人の前掛けなんかで、主人の靴を拭いておく。

旦那様がお呼びの時以外は、家の中で始終帽子を被(かぶ)っている。旦那様の前へ出たら、直ぐ帽子を脱いで、行儀の良いところを見せる。

玄関前の泥拭(どろぬぐ)いでは決して靴を拭わず、真っ直ぐホールや階段の下まで入る。そうすれば、帰宅を認められることが一分位早くなるし、玄関前の泥拭いも長く持つ。

外出の許可を求めることは絶対しない。そんなことをしたら、いつも外出中のことが知れて怠け者(なまもの)と思われる。誰にも知れずに外出すれば、帰って来るまで居ないことに気付かれずにすむ見込みもある。仲間に行く先を話しておく必要もない。たった今まで居りましたが、とみんなが答えてくれることは確かで、そうするのが召使仲間の仁義である。

蠟燭の心は指でつまみとって、床の上へ投げ、踏みにじって臭気を消す。こうすれば、心剪鋏をいためないですむ。また、心は深く切る。蠟の垂れが早く、従って台所のコックの役得を増すことになる。コックの御機嫌はあくまで取っておいて損はない。

食後の祈禱の最中に、皆で客の椅子を取りのけておく。腰を掛けると、尻餅をつく。みんな大笑い。ただし、慎重に笑いを嚙み殺して、台所へ行ってから、朋輩を笑わせる。

旦那様が来客でひどく忙しいことがわかっている時、入って行ってお部屋を片付ける振りをする。旦那様が叱ったら、ベルが鳴ったと思いました、と言う。これが旦那様の気をまぎらして、仕事に精を出しすぎたり、話しすぎて疲れたり、頭を絞りすぎたりするのをふせぐ。こんなことは皆旦那様のお身体に悪いことなんだから。

蟹や蝦の鋏を割ることを命ぜられたら、食堂の扉の横側、蝶番の間にそいつを挟んで、割る。こうすると、徐々に割れて、肉を潰すことがない。玄関の大扉の鍵や乳棒でやると、よく肉が潰れる。

よごれた皿を下げる時、まちがったナイフとフォークが皿にのっかっていたら、そこが腕の見せ所。皿を取り上げ、残ってる骨や肉のかけらを振り落とさないように、ナイフとフォークだけを投げ落としてやる。すると、お客さんの方は暇なんだから、一度使ったフォークとナイフを拭いてくれる。

注文したお客さんの所へお酒を持って行っても、肩をつついたり、旦那様（あるいは奥様）、お酒を持って参りました、と声をかけたりするでない。お酒を無理やり咽喉（のど）へ流しこんでやろうとするみたいで、不作法なこと。お客様の右肩に突っ立って、黙って待ってること。お客様がうっかりして肱（ひじ）でコップを叩き落としても、それはお客様が悪いんで、こっちのせいじゃない。

奥様のお言付けで雨の降る中を貸馬車を呼びに行ったら、戻りはその馬車に乗って、着物を大事にし、歩く手数を省くこと。泥靴で踏んだ上を奥様の下袴（ペチコート）の裾が引きずってよごれたって、お仕着せを濡らして風邪をひくよりは、まだましだ。

旦那様の提灯持ち（ちょうちんも）をして町を歩くことは、従僕の地位への最大の侮辱と言わねばなるまい。だから、それを避けるために、いろいろ工夫をするのはごく当然のことである。第一、旦那様が貧乏たらしく、欲深そうに見えていけない。この二つは、どんなつとめでぶっつかっても、一番いやな性質である。こうした事態に迫られた時、私はいろいろ賢い方法を用いた。ここにそれを御披露する。馬鹿長い蠟燭を使って、提灯のてっぺんまで届いて、焼いたことがある。旦那様からしたたかぶん殴られて、てっぺんを紙で貼れと命ぜられた。次は、中位のを使ったが、承け穴にゆるく差しておいたので、片一方へ傾いて、まる四分の一提灯を燃やしてしまった。次には、半インチの短いのを使ったら、承け穴へ入っちまって、はんだを溶かし、旦那様は道の半分真っ暗闇の中を歩まねばならなかった。次は、二インチの蠟燭を承け穴のあった場所へ突きさすことを命ぜられたが、けつまずいた振りをして、蠟燭を消し、錫の部分を全部こわしてしまった。遂に、旦那様も、倹約のために、提灯持ちの小僧を使わざるを得なくなった。

食事の度に部屋から皿や鉢や罎を運び出さねばならぬおつとめの人たちが二本しか手を持っていないということは実に遺憾千万。しかも、重荷で動きが取れないのに、二本のうちの一本は扉を開けなくちゃならないと来るから、不幸は尚更大きい次第。そこで、扉は足で開けられるようにいつも半開きにしておくといい。そうすれば、皿や鉢を腹から顎の下まで積み上げ、おまけにどっさりいろんなものを両腕に挟みこんで、運搬が出来るから、どれだけ労力の節約になるかわからない。だが、部屋から出るまで、出来れば、聞こえない所へ行くまでは、荷物を一つも落とさぬよう気を付けること。

寒い雨の夜に郵便局へ手紙を出しにやらされたら、酒場で一杯やって、時刻を見はからって帰るといい。だが、次の適当な機会を見てその手紙は投函する、正直な召使らしく。

食後、御婦人方のためにコーヒーをいれることを命ぜられて、掻き回すためにスプーンを取りに行ってる間に、あるいは、何か考え事をしてる間に、または、小間使にキッスをしようと争ってる間に、コーヒー壺が吹きこぼれたら、布巾で壺のまわりをきれいに拭き、平気でコーヒーを持って行く。奥様がコーヒーの薄すぎるのに気付き、煮こぼしはしなかったかとお咎めがあったら、その事実を絶対に否認し、いつもより沢山コーヒーを入れました、そばから一インチも動きはしませんでした、御婦人のお客様のことですから、特においしくいれようと努力いたしました、台所の者にお聞きになれば私の申し上げることが嘘でないことがわかりましょう、と言い張る。すると、ほかの御婦人方が、このコーヒーは大変おいしいときっと言い出す。で、奥様も、私の口の加減でしょう、今後は自分を疑ってみることにしましょう、人を叱る時はも少し気を付けましょう、と言わざるを得なくなる。以上のことは、良心的な動機からも是非実行してもらいたい、コーヒーは甚だ健康上よろしくないから。奥様への愛情からも、出来るだけ薄くして差し上げた方がいい。この論法でいくと、女中の誰かにいれたてのコーヒーを一杯御馳走しようと思う時には、奥様の健康保持と女中さんの好意獲得のためなんだから、奥様のコーヒー粉の三分の一をそのためにしょっぴいてもいいわけだし、また当然そうしなければならぬわけだ。

旦那様がお友達に何か一寸(ちょっと)したつまらぬ贈物をなさる、そのお使いを命ぜられた時、その贈物をダイヤの指環(ゆびわ)に劣らぬ注意をもって扱うこと。で、それがたった林檎(りんご)六つにすぎなくとも、取次ぎに出た召使に、直接お渡しするように言われています、と伝えさせる。どんなに厳密、細心に事故や過ちを防止しようと心がけているかがこれではっきりわかるから、先方の旦那様にしろ奥様にしろ、一シリング下さる位のことはしないわけにいかなくなる。同じようなことがこちらのお邸に起こった場合にも、お使いに来た従僕に同じようなことを教えてやり、旦那様が気前の好い心持になるようにうまく口をきいてやることだ。朋輩同士は相互扶助で行かねばならぬ。すべては旦那様の名誉のためなのだから。およそ、よき召使たる者の考えなくてはならぬ大切なことはこの旦那様の名誉ということで、また、これについての判断の一番よく出来るのも召使なのである。

ほんの数件先まで女と話しに行ったり、エールを一杯ひっかけたり、仲間の従僕が絞首台へ引かれて行くのを見物したり、こんな時には、玄関の扉を開け放しておく。ノックしないで入れて、出かけていたことを旦那様に見つけられないですむ。十五分位の時間がどうなろうと御奉公に何の差し障りもないのだから。

食後パンの残りを下げる時、よごれた皿の上にのせ、ほかの皿を重ねて圧しつぶし、誰も手を出せないようにしておく。常雇いの靴磨き小僧に呉れてやるいい役得になる。

自分で旦那様の靴掃除をやらなくちゃならん時は、一番よく切れる食卓用ナイフの刃を使い、靴先を火から一インチの所で乾かす。濡れた靴は病気の元だから。それに、こうやっておくと、その靴がこっちの手へ入る時がそれだけ早くなる。

お邸によっては旦那様がしばしば酒場からワインを取り寄せる。そのお使いがお前さんだ。そこで、出来るだけ小さい壜を持参するがよい、ただし、酒場の給仕にはたっぷり一クォート分出させる。だから、自分もしこたま飲め、壜も一杯になる。口のコルク栓なんか心配に及ばぬ、親指で抑えてもすむし、反故を嚙みつぶしてさしこんでおいてもいい。

(セダン・チェアの)轎夫[7]や(貸馬車の)馭者が法外な賃金を要求して、主人の命令で彼等のお相手をつとめねばならぬ時には、弱い者を憐れんでやることだ。一文もまかりませんと言っていますと、御主人に伝える。エール一杯の御相伴にあずかる方が、主人のために一シリング儲けるよりは、お前さんの為だ。一シリング位主人にはどうでもいい金なんだから。

闇夜に奥様の馬車のお供をするのに、馬車の横を歩いて、身体を疲らせ着物をよごすのは、馬鹿なこと。馬車の後ろのきまりの席に乗って、松明(たいまつ)は屋根の上へ倒して、突き出しておればいい。（蠟心を束ねた松明は）心(しん)を剪(き)らねばならないが、その時は、屋根の角へ松明をぶっつけてやればいい。

日曜日に奥様を教会へお届けしたあと二時間は、酒場で友達とすごすなり、家でコックや女中相手にビフテキとビールをたのしむなり、安全にやれる。実際、召使というものはたのしむ機会の少ない哀れな身分だから、どんな折をも逃しちゃならない。

食事のお給仕をする時には決して靴下をはかない。自分の健康のためにも、食卓に向かっている方々のためにも。御婦人方は大かた若い男の足指の臭(にお)いがお好きなもので、それがヒステリーの何よりの妙薬なのだから。

もしそんな選択が出来るなら、お仕着せの色が出来るだけ、けばけばしく派手でないお邸を選ぶがよい。緑と黄色は直ぐに役柄を暴露する、あらゆる種類の飾(かざ)り紐(ひも)がまた然(しか)りである。ただ、銀モールは別だが、公爵様か、勘当が許されたばかりの道楽者の若様ででもなければ、これを従僕風情(ふぜい)にお許しにはなるまい。望ましき色合いは青か、赤の折返しのついた朽葉色。これを着込んで、借り物の剣に、借り物の身振り、旦那様のシャツにカラー、生まれつきの度胸に更に一段と自信を強くして——知らない場所でなら、どんな肩書の人物にでもお好み次第になれようというもの。

食事の後、鉢丼を部屋から運び出す時、両手に出来るだけ一杯持って行く。時にこぼしたり、落としたりはするかも知れぬが、一年の終りには、手っ取り早い処置と節約された時間がどんなに大きかったかがわかる。

旦那様か奥様が町を歩かれる時は、片側について、出来るだけ並んで歩くようにする。それを見た人は、お供の者とは考えないで、お友達とでも考えるだろう。しかし、主人が振り返って言葉をかけ、どうしても帽子を脱がなければならなくなったら、二本の指だけを帽子にかけ、あとの指では頭を掻く。

冬は食事の出されるほんの二分前に食堂の煖炉に火をつける、旦那様に石炭の節約振りを見せるために。

火を掻き起こせと命ぜられたら、煖炉箒で炉格子の灰を掃い落とす。

馬車を呼んで来いと命ぜられたら、たとえ真夜中でも、玄関口より遠くへ行ってはならない、御用の時に居ないと困るから。そして、そこに突っ立って、三十分間、「馬車、馬車」と、怒鳴っている。

このお仕着せ姿の面々はすべての人たちから蔑みあしらわれる不運を持っているが、何とか気を落とさずにやっていると、時には中々の幸運を引き当てる。仲間の一人に私の親友があったが、御主人は宮仕えの夫人で、立派なお役を持ち、伯爵の姉さんで、亡くなった夫も上流の人だった。この夫人が、私の友人のどこか上品な姿、椅子の前を小走りに過ぎるしとやかさ、髪の毛を帽子に隠す意気な素振りに心を惹かれ、それとなく意中をほのめかすことが度重なった。或る日、この従僕トムをお供に馬車で外出中、馭者がわざと道を間違えて、とある特権を認められた礼拝堂の前に馬車を止め、そこで二人は結婚して、トムは夫人と並んで馬車に乗ってお邸へ戻った。この男、不幸にも、夫人にブランデーを飲むことを教え、それが元で夫人は亡くなった、酒を買うために食器類を皆質に入れたりした揚句に。トムは今、麦芽製造の職人になっている。

有名な賭事師バウチャーもまた嘗ての我々の仲間の一人で、五万ポンドの物持になった時に、彼はバッキンガム公に奉公中の給料未払い分を請求した。幸運を拾った実例はもっとほかにも沢山ある、特に一人、その息子が宮中の大切なお役目の一つに就いているのがある。で、次の忠告を呈するだけで十分であろう。あらゆる人に押しが強く、生意気な態度を取ること。特に、お抱え牧師、腰元、その他お邸の上役の召使に対して。そして、時々蹴られたり、叩かれたりする位屁とも思わぬこと。その横柄さが遂には物を言うことになるのだから。お仕着せ拝用の身分から、間もなく歩兵聯隊の士官様になれるかも知れぬ。

食事の時、椅子の後ろにお給仕に立っていながら、しょっちゅう前の椅子の凭りかかりをねじくり回して、御用を承るために控えておりますということをその椅子のお客様に知らしてやる。

陶製食器の包みを運んでいる時、万一落っことしたら(これはしばしば起きる不祥事)、その言訳は——ホールで走ってくる犬とぶっつかった。小間使が偶然開けた扉と衝突した、雑巾箒が入口に立てかけてあったのに足を取られた、袖が錠前に挿した鍵か把手に引っ掛かった、等々。

寝室中で旦那様と奥様のお話し合いがあり、それに自分や仲間のことが出ているらしいと思われたら、召使一同のために、扉口で盗み聞く。かつ、一同を集め、社会を擾す変動を未然に防止するため、適当の方策を講ずる。

盛りの時、奢るべからず。因果はめぐる小車の、ということもある。うまい地位についてる時は、この小車のてっぺんに居る時。過ぎ来しつらさを忘れてはならぬ――身ぐるみ剝がれ、足蹴にされて追い出され、給料は皆前借りして、踵の赤い再製靴や古物の髢や縫い直しのレースの襞飾りに使い果たし、おまけに酒場の女将や酒屋には借金が山ほどある。近所の酒場の給仕の奴、これまでは、朝、手招き合図で呼び寄せて、うまい牛の頰肉を無代で呉れ、つけておくのは酒代だけであったのに、お払い箱になったと聞いた途端、給料から勘定を払ってもらいたいと旦那様に強談判、給料など鐚一文も残っておりはせぬと知ると、執行吏を連れて何処の穴蔵までもと追い駆けて来る。落ちぶれ方のすさまじさを忘れてはならぬ。着物はおんぼろ、靴下は穴だらけ。口を探すにもお仕着せのお古を借り着して、体裁をつくろわねばならず、馴染の居るお邸へこそこそ顔を出し、残り物をくすねて辛うじて露命をつなぐ。総じて、人間生活の最低状態。「あぶれものの中間みたい」と、古い歌にも言ってある。――こうしたすべてを、今得意の時に夢々忘れてはならぬと言うのだ。昨日までの朋輩、今三界に口のない弟分に、尽くせるだけの義理を尽くしておくがよい。その一人を引き取って世話してやる、酒場へ行きたいと思う時に奥様のお使いの代理をさせ、時折パン片や冷肉のかけらをこっそり施してやる（旦那様の懐中にこれ位何でもない）、まだ正式に雇い人として泊めるわけにはいかぬなら、厩か馬車置き場、裏階段の下にでも塒を与え、お邸へよく見える旦那様方に、いい召使として極力推薦してやるがよい。

従僕のままで老いぼれるのは、大きな恥辱。だから、寄る年波を感じながら、宮仕えの口や士官任官の望みもなく、家令の後釜に坐ったり税務署に雇われる当てもなく(この二つは読み書きが出来なければ駄目)、主人の姪や娘と駆落ちもまず出来そうもないとなったら、ざっくばらんにすすめるが、追剝仲間に入るがよい。これが残された唯一の名誉ある地位というもの。そこで昔馴染にも大勢会えるし、太く短く世を送り、今わの際には死花を咲かせることも出来よう。その今わの際については、次に二、三の注意を述べる。

最後の忠言は、縛り首になる時の心得のこと。主人の物を強奪したり、押込み強盗を働いたり、追剝をやったり、酔っぱらった揚句の喧嘩で見つかり次第の相手を殺したり、とどのつまりは縛り首の運命だが、それというのも、仲間の仁義を重んじ、心鷹揚にして、血気身内に満ち溢れる、帰する所はこれが原因。さて、これから述べることについて立派に振る舞うことは召使社会の全体にかかわることだ。裁判の時は、あらん限りの誓いの言葉を並べ立て、飽くまで事実を否認する。もし許されれば、仲間が百人でも法廷に詰めかけ、求めに応じて、進んで身に証を立ててくれるだろう、と主張する。も一度仲間に会うことを許してもらう約束のほかは、どんなことがあっても、自白をしてはならぬ。しかし、こうしたことのすべても、結局は無駄なことかも知れぬ、今日たとえ逃れても、明日はまた同じ運命に陥ることになるのだから。ニューゲイト[8]一番の名文家に今わの際の告白を書いてもらう。馴染の女がオランダ麻のシャツと、てっぺんに赤か黒のリボンの付いた白帽を差し入れてくれるだろう。ニューゲイトのお仲間全部に元気好く別れを告げ、勇ましく車に打ち乗り、ぴたりとひざまずき、御空に目を上げ、一言も読めはしなくとも両手に本を捧げ持ち、絞首台にかけても事実を否認し、絞刑吏にキッスと宥恕の言葉を与え、――かくして、おさらば。仲間一同の費用で最大な葬儀が行われ、死屍の手足に外科医の指一本も触れさせず、名声長く打ち続く、負けず劣らぬ誉れの士が現われ出でて跡を継ぐまで。

第四章　馭　者 (Coachman)

馭者は馭者台に上り御主人を運ぶ以外に、何の義務もない。

馬は十分よく訓練しておく、奥様の御訪問のお供をした時、近所の酒場にしけこんで友人と一杯やらかすまで、おとなしく待っているように。

つとめに出る気分になれない時は、旦那様にこう申し上げる——馬が風邪をひきました、蹄鉄を修繕しなくちゃなりません、雨は馬の身体に悪く、毛並を荒立て、馬具を腐らせます、など。この項は別当にも同じく適用される。

旦那様が田舎のお友達の許でお食事の際は、待ってる間に飲めるだけ酒を飲む。上手な馭者は酔っぱらった時に一番腕前を発揮すると認められているから。で、断崖の縁すれすれに馬車をあやつって腕を示し、酔っぱらった時に一番うまくやれますと自慢してやる。

お邸の馬の一頭が或る旦那のお気に入って、馬の値段のほかに報酬を呉れる気があることを察したら、お邸の旦那様に、その馬を売るように説きすすめる。恐ろしく悪い癖のある馬で、こんな馬の馭者はとてもつとまりません。おまけに、馬蹄炎にかかっていますす、と言って。

日曜日、教会の前で靴磨き小僧に馬車の番をさせる、旦那様と奥様がお詣り(まい)の間に、仲間の馭者連と居酒屋で楽しむため。

馬車の車輪はいいのをつけておくよう注意する。出来るだけ頻繁に新しいのを買わせるがよい。古いのが役得として手に入る入らぬは兎(と)も角(かく)として。役得として貰(もら)える場合は正しい儲(もう)けになるわけだし、そうでない場合は費用の嵩(かさ)むことが欲の深い旦那様に対する当然の罰である。それにまた、おそらく馬車屋の方でもお礼を考えるだろう。

第五章　別当 (Groom)

別当はすべての旅行で主人の名誉を一手に引き受ける、それを胸元三寸に収めている。田舎の旅行で宿屋に泊まると、ブランデーを少し、エール一杯余計に飲んでも、旦那様の評判はよくなる。だから、旦那様の評判を大切にしなければならぬ。いずれにしても、けちけちしないがよい。鍛冶屋、馬具屋の職人、宿屋のコック、馬丁、お客の靴を脱がせる下足番、みんなが別当の手を通じて気前の好い旦那様のお志にあずかるべきで、こうして、旦那様の名声は州から州へと広まっていく。そして、エールの一ガロン、ブランデーの一パイント位、旦那様の懐工合に何の響きがあろう。たとえ旦那様が評判よりも財布の方を大事にするような方であっても、別当としては前のものの心配の方が大きくなければならぬ。旦那様の馬は蹄鉄二つ取換えが必要、自分の馬は釘を打たねばならぬ、旅行に実際必要以上に燕麦と大豆の割当てがある、その三分の一をしょっぴいてエールかブランデーに換える。こんな按配に別当の腹一つで旦那様の名誉が保たれ、費用もかけないですむことになる。お供の僕(しもべ)がほかに誰も居なければ、酒場の給仕人との話し合いで、勘定書で細工は楽に出来る。

そこで、宿屋に着いたら、直(す)ぐ、馬は厩(うまや)の小僧に渡し、近くの池へ水飲みに走らせ、こっちはエールを一杯注文する、馬より先に人間様がお飲みになるのは当り前のことだから。旦那様は宿屋の僕どもの、馬は厩舎(きゅうしゃ)の者の、世話に任せる。これで、馬も旦那様も一番適当な者の手に渡ったわけだが、こっちは自分の身の世話を焼かねばならぬ。そこで、夜食を持って来させ、たらふく飲んで、旦那様のお世話はちゃんとしてくれ手があるんだから、御挨拶(ごあいさつ)なんか抜きにして、寝てしまう。宿の馬丁は正直者で、本心馬を愛してる、物言わぬけものをいじめるなど夢々しはすまい。旦那様の身を案じて、あんまり朝早く起こさないように僕どもに命じておく。朝は、旦那様のお目覚め前に食事をすまし、旦那様を待たせないようにする。宿の馬丁に、道はいいし、距離も短い、と旦那様に申し上げさせる。だが、天気がはっきりするまで、も少しお待ちなさいとおすすめする。旦那様は雨を心配していらっしゃるし、昼飯をすましてからでも十分間に合うのだから。

礼儀を守って、旦那様の馬を前に行かせる。いよいよお出掛けの時、馬の世話をよくしてくれたと馬丁に礼を言い、お行儀の好い使用人たちだと僕(しもべ)たちのためにもお愛想を言い添える。旦那様は構わず先に行かせて、宿屋の亭主が一杯飲ましてくれるまで待っている。それから、旦那様を追い駆け、町や村を全速力で馬を飛ばせる、旦那様に御用がおありだといけないから、また、乗馬の手練の程を見せるために。

獣医の心得があったら(良い別当は皆そうあるべきだが)、馬の踵(かかと)に毎晩擦(す)りこむため、サック酒、ブランデー、強ビールを貰(もら)う。決してけちけちするでない。残りは(というのは、いくらか使ったら、のことだが)どう処分したらいいか知ってるはずだから。

旦那様のお身体(からだ)を心配して、長旅をおさせするよりは寧(むし)ろ、馬が弱っている、あまり乗り回したので肉が落ちたと申し上げる。御予定の所より五マイル手前の大変良い宿屋のことをお話しする。朝、馬の蹄鉄を一つわざと緩(ゆる)んだままにしておく。わざと鞍(くら)が馬の肩を締めつけるようにしておく。夜から朝にかけて飼葉を与えずにおいて途中で疲らせる。薄い鉄板を蹄(ひづめ)と蹄鉄との間にさしこんでおいて馬に足をひきずらせる。これらはみんな旦那様のお身体を思いやってのこと。

雇ってもらおうとしている旦那様から、酔っぱらう癖があるかとのお尋ねがあったら、いいエールの一杯は大好きですと構わず答える。ただし、酔っぱらっていても素面(しらふ)でも、決して馬をおろそかにはしないのが私のやり方なんです、と申し上げる。

馬に運動させるため、または御自身の楽しみのため、旦那様が馬でお出掛けになりたいという時、何か私用でお供をするのが都合が悪いなら、馬の刺賂(しらく)、排瀉(はいしゃ)をやらねばならぬ、自分の乗馬が食もたれで弱っている、鞍の心(しん)換えをせねばならぬ、おもがいを修繕に出してある、など申し上げる。これは別に不正直な行為というわけではない、馬にも主人にも別に損害を与えるわけじゃなし、あわれな物言わぬけものに対する深いいたわりを示すことなのだから。

町に自分の目当ての宿屋があって、そこの馬丁も酒場の給仕も家の人達もお馴染(なじみ)という場合には、ほかの宿屋にはけちをつけて、旦那様にそこへ行くようにすすめる。おそらく、エールやブランデーの一杯、二杯余計にころがりこむだろうし、また、それが旦那様の名誉にもなる。

乾草(ほしくさ)買いを命ぜられて行ったら、一番気前のいい態度を見せる相手とだけ取り引きする。御奉公は親ゆずりの稼業じゃないんだから、ならわしになってる正当な役得をみすみす逃すなんて手はない。旦那様が御自分で乾草買いをやるのは、人の権利の侵害である。旦那様に主人の義務を教えるために、その乾草の続く限り、けちをつけてやる。それで馬が丸々肥るようなら、それは自分が悪いのだと思うこと。

乾草と燕麦は、上手な別当さんの手にかかると、上等のエールにもブランデーにもなる。が、これはそういう話だけにしておく。

旦那様が田舎のお邸へお客様になって行った時は、別当の居ないお邸だったり、居ても丁度留守だったり、馬の手入れがさっぱり行き届いていなかったりしても、必ず召使の誰かにそう言って、旦那様が馬に乗る時、馬の手綱を抑えさせる。ほんの数分間の訪問に立ち寄っただけの時でも、これは是非やってもらいたい。召使は常にお互い同士助け合わねばならぬものだし、また、旦那様の名誉にもかかわることだ。馬を抑えていてくれる者には金を一枚やる位のことは旦那様としてどうしてもしなければならないから。長旅では、旦那様のお許しを得て馬にエールを飲ましてやる。たっぷり二クォート分を厩に運び、半パイントを鉢に注ぎ、馬がどうしても飲もうと言わぬなら、厩番と二人で最善を尽くさねばならぬ。次の宿屋では馬も機嫌を直して飲む気になってるかも知れぬ、というわけで、この実験はどの宿屋でもかかさずやってもらいたい。

馬を運動させに公園や野原へ連れ出したら、厩の小僧か靴磨き小僧に馬を預けてしまう。彼等は身軽だから、競走させても馬を損めることが少なく、垣や濠の飛び越しも教えてくれる。その間こっちは仲間の別当達と仲好く一杯やっておる。だが、時には、別当さん方自身出馬して競走をやらかすのもよい、てんでんの馬の、また、てんでんの主人の、名誉のために。

家で馬にやる乾草や燕麦は決して惜しむでない。飼葉格子はてっぺんまで、秣槽(まぐさおけ)は縁一杯入れてやる。けちけちされるのは馬でなくても不愉快だろう。時には食い気のないこともあるかも知れぬが、食いたいと言う舌を持たぬことを考えてやらねばならぬ。乾草が投げ出されたって、無駄にはならぬ、寝藁(ねわら)として、藁の節約になる。

旦那様が田舎のお邸で一晩厄介になって、いざお立ちという時は、旦那様の名誉を考えて、この邸の男女の召使が皆不時の収入を待ちもうけていることを旦那様に教えてあげねばならぬ。また、召使たちには、お立ちになる時、両側にずらりと並んでお見送りするように、それとなく言い含めておく。だが、バトラーがほかの者を瞞(だま)すといけないから、金をまとめてバトラーに渡すことはしないように旦那様にお願いする。そのため旦那様は一層気前を見せねばならなくなる。それから折を見て旦那様に、このまえ御奉公していた誰それの旦那は普通の召使には一人いくら、女中頭その他にはいくら、お出しになったと、旦那様のお心算(つもり)の少なくとも二倍の金額を言って聞かせる。召使たちには、どんなにみんなの為をはかってやったかを、必ず吹聴する。それで、自分には皆の者の愛を、旦那様には名誉を、獲得出来ることになる。

馭者が自慢をして何と言い張っても、別当の方が馭者よりはずっと度々酔っぱらう勇気が出せるわけだ。折る心配のあるのは自分の首の骨だけだから。馬はちゃんと心得ていて、足を挫くとか肩をはずす位でうまく逃げる。

旅行中、旦那様の乗馬用上衣を預かったら、自分の上衣をその中にくるんで、革紐で堅く緊めておく。ただし、旦那様のは裏返しにして、表が湿ったり汚れたりしないようにしておく。こうしておけば、雨が降り出した時、旦那様の上衣を一番先に渡すことが出来る。旦那様の上衣の方がひどく損むにしても、その方は何とでもなる。こっちのお仕着せは必ず一年間御奉公しなくちゃならない。

馬が蹄鉄を落っことしたら、必ず降りてそれを拾い上げ、それから全速力で（蹄鉄は手に持って、自分の注意深いことを道行く人に見てもらう）、最寄りの鍛冶屋まで駆けさせ、直ぐその場で蹄鉄を打ってもらう。旦那様をお待たせしないように、また、あわれな馬が蹄鉄なしでいる時間を出来るだけ短くしてやるように。

旦那様がお友達の邸に滞在中、乾草や燕麦が上等だと思っても、悪い、悪いと不平を言って聞かせる。働き者の別当さんという評判が立つ。その邸に居る間に、馬に食えるだけ燕麦を詰めこませ、あと数日間宿屋で食わせる分を減らして、その燕麦をエールに化けさせる。お友達の邸を出たら、そこの旦那が欲深のけちん坊で、バターを取った残りミルクか水しか飲ましてもらえなかった、と旦那様に訴える。旦那様は気の毒がって、次の宿屋でエールを一杯分余計に飲まして下さる。お友達のお邸でたまたま酔っぱらったとしても、一文のかかりにもならないんだから、旦那様がお腹立ちになるわけがない——と、そう、酔っぱらっていても言える範囲で、旦那様に申し上げる。そして、お友達の召使を款待することは旦那様にもそのお友達にも名誉になることだということを教えてあげる。

主人は常に別当を愛し、立派なお仕着せを与え、銀モールの付いた帽子を被らしてやらねばならぬ。別当がこの扮装の時、街頭で主人が受ける尊敬は皆別当のせいなのである。軽子の来る度に道を避けたりしないですむのも、別当のお仕着せに払われる尊敬から間接に主人が受ける敬意である。

時々御主人の乗馬を仲間や好きな女中に貸して遊びに行かせたり、一日いくらの損料を取って貸し出してやる。馬は運動不足だと駄目になるから。生憎、旦那様が馬をまわせとおっしゃったり、厩を見ようという気を起こしたりしたら、あの助手の奴め、鍵を持ったまま出かけてしまいやがった、と憤慨して見せる。

居酒屋で仲間と一、二時間遊びたいが、外出の適当な口実がほしい、という場合には、古いおもがいや腹帯や鐙革などをポケットに忍ばせて、厩の戸口から出掛ける。帰りには、玄関から、さっきのおもがい、腹帯、鐙革を手にぶらさげて、馬具屋へ行って修繕をして来た帰りです、という顔をして入る。居ない留守に気付かれさえしなければ、大丈夫。御主人にばったり出会えば、よく気の付く別当だという評判が貰える。これを実行して成功した実例を沢山知っている。

第六章　家屋並びに土地管理人

(House steward and Land steward)

家をこわし、資材を売り、主人に修繕費を請求したピーターバラ卿の家令。

滞納宥恕のため借地人から金を取る。

借地権を更新し、それで儲け、森林を売り払う。

主人に主人の金を貸す。（『ジル・ブラース物語』[9]にこれが沢山出て来る。それを指す。）

第七章　玄関番（Porter）

旦那様が大臣なら、誰が来てもお留守だと言う、ただし、次の者だけは例外——女衒のおやじ、取巻きの親玉、お雇い作者、配下のスパイ、お抱え印刷屋、顧問弁護士、土地仲買人、資金調達の黒幕、株式相場師。

第八章　小間使（Chambermaid）

小間使の仕事は御奉公してる奥様の身分、見識、富などで違ってくる。どんな家庭にもあてはまるようにしたいこの文章では、小間使の仕事をきめるのが大変難しい。相当資産のあるお邸では小間使と女中とは違う。その考えでこれからの指図をする。持場は奥様のお部屋で、お床をこしらえ、室の整頓をする。田舎のお邸だと、婦人の泊り客のお部屋の世話をし、これが臨時に手に入る儲けのもとになる。相手の男は馭者が普通だと思うが、二十前で渋皮が剝けていると、従僕殿のお目にとまらないものでもない。

奥様のお床をこしらえるのに好きな従僕に手伝ってもらう。若夫婦の主人だと、従僕と二人で夜具をひっくり返している時、世にもめずらしいものが見られることがある。それをひそひそ話で触れまわると、家中の者が面白がり、近所にまで広まる。

御虎子を階下へ持って降りて皆に見られるようなことをせず、中味を窓から棄ててやる、奥様の名誉のために。御婦人方がそんな器を必要となさるなんてことを男の召使たちに知らせるのは不都合なこと。また、御虎子は磨かない、それの臭いは身体に良いのだから。

叩きの先で炉棚や飾り箪笥の上の陶器をこわしたら、破片を集め、出来るだけうまくつなぎ合わせ、ほかのものの後ろへ隠しておく。そうしておけば、奥様がそれを発見なさった時、もうずっと前、こちらへ伺う前からこわれておりました、と言うことが出来る。奥様にしても、何時間もむしゃくしゃしないですむ。

同じ按配で姿見鏡をこわすことがある。掃除をしながら傍見をしていて、箒の柄がぶっつかり、粉微塵。これは不幸中の不幸で、隠すわけにはいかないから、何とも仕方がないと思われる。自分が嘗て従僕をしていたお邸で一度この不幸な出来事が起こった。こんな突然の恐ろしい災難にあった小間使はいかにも利巧に立ち回った。その詳細をお話ししよう、悪い星のめぐり合せで同じ目に遭った時、うまい工夫をする助けになるかも知れないから。貴重な大きな漆細工の鏡を叩きで割ってしまった娘は、しばらく考えていたが、驚くべき冷静さで、扉に鍵をかけ、庭へ出て、三ポンドの重さの石を持って帰り、鏡の真下の炉床にそれを置き、庭に面した窓を一枚叩き割り、それから扉を閉めて、ほかの仕事に働いていた。二時間ばかりして、部屋へ入って鏡の割れているのを見た奥様は、下に石がころがっており、窓硝子(まどガラス)が一枚完全に割れているその場の様子から、まさに娘の望んだ通り、近所をぶらつくのらくら者か、外働きの召使が、悪意か、偶然か、不注意か、石を投げこんで、飛んでもないことをし出かした、ときめてしまった。そこまではうまく行った。娘はもう心配ないと思った。ところが、娘にとっては運悪く、数時間後、教区の牧師さんが訪ねて来たので、この出来事に心穏やかならざるものがあったと信ぜられる奥様は、事件を牧師さんに語った。たまたま数学の素養のあった牧師さんは、庭と煖炉(だんろ)と窓の位置を調べ、石ころはそれを投げた手から飛んで来る途中で三度方向転換をしないと鏡には達しない、ということを奥様に納得させた。娘がその朝部屋を掃除したことがわかったので、厳重に取り調べられたが、身に覚えがないと終始神かけて誓い、まだ生まれない赤ん坊のように潔白だということを、牧師様の前で聖書にかけてお誓いします、とまで言った。それでも、可哀相(かわいそう)にこの娘はお払い箱になった。これは、娘の利発さを考えると、むごい扱いだったと思う。ともあれ、この話は、同じような場合に、も少しうまく辻褄(つじつま)の合う話をこしらえるようにせよ、という教えにはなる。例えば、こんな風——雑巾箒(ぞうきんぼうき)か叩(はた)きで仕事をしていると、突然稲光りが窓に射しこんで、目が見えなくなった、と忽(たちま)ち、床に硝子の割れるガチャンという音、目を開けて見たら、鏡が粉微塵に割れていた。あるいは、鏡が少し埃をかぶっているのに気がついて、そっと拭きにかかったら、湿気のために膠か糊がゆるんでいたのだろう、鏡が落ちてしまった。あるいは、鏡を割ってしまってから直ぐ、鏡を壁板にゆわえつけてある紐を切って、鏡を床の上へ落としてしまう、そして吃驚した顔で駆け出して、奥様に申し上げ、何ていい加減な家具屋さんでしょう、すんでの所で頭の上へ落っこちるところでした、と憤慨して見せる。これらの方法を教授する心は罪なき者をかばってやりたいからである。小間使に確かに罪はないはず、わざと鏡を割ったのでない限りは。勿論、わざと鏡を割るなんてことは恕せない、よっぽど腹を立てる訳でもあるのなら格別だが。

火挟み、火掻き、石炭掬いにはてっぺんまで油を塗っておく、錆びるのを防ぐためばかりでなく、おせっかいな人がやたらに火を掻き回して旦那様の石炭を浪費するのを防ぐために。

急ぐ時は塵を部屋の隅へ掃き寄せておく。ただし、見えないようにその上へ叩きを置いておく。見られたら恥になる。

奥様のお床こしらえがすんでしまうまでは、手を洗ったり、きれいな前掛けをかけたりしない。前掛けを皺くしゃにするといけないから、洗った手がまた汚れるといけないから。

奥様の寝室の窓扉を夜分鎖す時に、硝子窓を開け放しにしておく、新鮮な空気を入れるために、暁方部屋を爽快にするために。

窓を開け放して空気を入れる際に、窓下の腰掛けに置いてある本や何かはそのままにしておく、やはり空気を入れてやるために。

奥様の部屋を掃除する時、よごれた肌着、ハンカチ、頭巾、針刺し、茶匙、リボン、スリッパ、その他何でもころがってるものを、一々拾い上げるには及ばぬ。隅へ掃き寄せ、ひとまとめに取り上げて、時間の節約をする。

暑い日に床をこしらえるのは骨が折れる、ともすると汗をかく。汗が額から流れ出たら、シーツの隅で拭いておく、寝床の上に汗の垂れた跡が残らぬように。

奥様のお言い付けでお茶碗を洗っていて、それを落っことしたら、それを持って行き、ただ一寸手で触っただけなのに、きれいに三つに割れてしまいました、と申し上げる。ここで、小間使にも皆の衆にも教えておくが、いつでも必ず言訳は持っておらねばいけない、言訳をしたって御主人に何の損もなく、こっちにとっては罪が軽くなるのだから。この場合でも、茶碗を割ったことを賞めるわけではないが、わざと割ったのでないことは確かだし、手の中で割れるということも必ずしも有り得ないことでもない。

葬式、喧嘩、絞首台へ引かれて行く男、嫁入り行列、車で引き回される曖昧屋の女将、などを見物したいことがある。前を通り過ぎる時、急いで窓を上げようとする。運悪く窓が動かない。こうなったのはこっちのせいじゃない。大工が悪い。若い女は物見高いものときまっている。紐を切って、誰かに見られたら、責任を大工になすりつけるよりほか、仕方がない。それでちっとも悪いことなんかありはしない。

奥様の脱ぎ棄てた肌着を頂戴して着る。光栄の至りだし、節約になるし、何処にも困る所なんかありはしない。

奥様の枕に新しい枕掛けを付ける時は、必ず三本の大型ピンでしっかりとめておく、夜の間にずれ落ちないように。

お茶のためバター付きパンを用意する時、そのパンの塊の穴という穴をバターで埋め、ディナーまでパンが湿り気を失わぬようにしておく。また、親指の跡が一片一片の片端にだけ見えるようにしておく、きれい好きであることを示すために。

扉、鞄、箪笥などを開けるか閉めることを命ぜられ、鍵が見つからないとか、鍵束の中のが見分けがつかないとかしたら、手当り次第どれでも突っ込んで、渾身の力でねじり回し、錠前を開けるか、鍵をこわすかする。何にもしないで手ぶらで戻って来たら、奥様に馬鹿だと思われる。

第九章　腰元（Waitingmaid）

このつとめの楽しみと儲(もう)けを邪魔するようなことが二つ起きて来た。一つは、奥様方が、古着を陶器と交換したり、安楽椅子の覆いにしたり、衝立(ついたて)、腰掛け、クッションなどの補綴(つぎはぎ)に使ったりする厭(いや)な習慣が生じたこと。も一つは、鍵(かぎ)付きの小箱や鞄(かばん)が発明され、奥様方がそれにお茶と砂糖を貯(しま)うようになったことで、これでは腰元は生きて行けぬ。自分で赤砂糖を買って、気も味も抜けてしまった茶殻を入れて飲まねばならないから。この二つの災難には一寸(ちょっと)良い方法が考えつかぬ。前者については、お邸(やしき)中の召使が皆のために共同戦線を張って、陶器商人に玄関払いを喰(くら)わしたらよかろう。後者は、合鍵を造る以外に方法がない。これをうまくやりおおせるのは難しくまた危険なことだが、それが正当であることには疑いの余地がない。奥様の方で、昔からの当然の役得を拒んで、人を憤慨させるきっかけを作っているのだもの。お茶屋のおかみさんが時々半オンス位呉(く)れるかも知れぬが、それは大海の一滴にすぎない。だから、ほかの女中仲間と同じに、掛買いをして、給料の中から払えるだけ払っていかねばならない破目になってしまう。もっとも、給料はほかの方で楽に埋合せがつけられる、奥様がおきれいな方だったり、お嬢さんたちがお金持だったりすれば。

大きなお邸の奥方付きだったら、その奥様の半分も美しくなくても、おそらく旦那様から可愛がってもらえる。この場合、気をつけて絞れるだけ絞り取ること。どんな一寸したいたずらでも、手を握るだけでも、先ずその手にギニー金貨一枚入れてくれてからでなくては、許してはいけない。それから徐々に、向うが新しく手を出すごとに、こちらが許す譲歩の程度に比例して、せびり取る金額を倍増にして行く。そして、たとえ金は受け取っても、必ず手向いして、声を立てますとか、奥様に言いつけますとか、脅かしてやる。お乳に触る代が五ギニーなら、たとえ必死の力で抵抗してるように見えるとしても、安い買物だ。しかし、最後のものは、百ギニーあるいは年二十ポンドの終身お手当以下では、決して許してはならぬ。

今いったようなお邸で、顔がきれいなら、三人の好きな相手を選ぶことが出来る、牧師、家令、従僕の三人。一番には、家令を選ぶことをすすめる。年が若く、旦那様の子供を持ってるなら、お抱え牧師とよろしくやるがよい。旦那様付きの侍僕は三人の中で一番好かぬ。お仕着せを脱いだ途端に、自惚れや気難しいのが普通だから。それに、士官になり損ねたり、税関の役人の地位にありつけないと、追剝稼業のほかに手がない。

一番上の若様には特に用心が肝要。こちらの腕に覚えが十分あるなら、丸めこんで結婚まで持って行き、奥方に成りすますことも出来るかも知れぬ。普通の道楽者だったら(若様というものは甘ちゃんか極道者のどちらかだ)、悪魔のように避けること。そういう若様と来たら、旦那様が奥様を畏れる程にも、お母さんを畏れはしない。数え切れない口約束の揚句の果てに、大きなお腹か、悪い病気か(おそらくは、その両方とも)を頂戴する以外、得る所は何もない。

奥様が御病気で、一晩眠れず、朝になってやっと少しうとうとなさってる時、従僕が御容態を伺いに参りましたと言って来たら、そのお使いの親切を無にしてはいけない。奥様をそっとゆすぶり起こし、お使いの趣きを伝え、御返事を承って、それから奥様を眠らせてあげる。

お金持の令嬢付きをつとめる程の幸運を持ちながら、そのお嬢さんの身の振り方をつけることで、五、六百ポンドを儲けることがもし出来ないとすれば、それは余程どうかしているに違いない。度々お嬢さんにこんなことを思い出させる、——お嬢さんはどんな男をでも幸福に出来るほどのお金持だ。恋愛以外に真の幸福はない。両親の命令によってでなく、好きな人を選ぶ自由がある。両親は乙女の情熱を決して理解して下さるものでない。お嬢さんの足元に喜んで命を投げ出そうという美しい立派なやさしい若殿方がロンドン中にどっさり居る。死と同様、恋に上下貴賤(きせん)の隔てはない。生まれも地位もはるかに劣った若者に目を付ければ、その若者はお嬢さんと結婚することで身分のある旦那様になれる。昨日、聖ジェイムズ公園のモルの散歩道で本当に美男子の少尉さんに出会ったが、四万ポンドの金がもし自分にあったら、そっくりその方に差し上げて使って頂くのだが、等々。お仕えしているお嬢さんのことを誰にでも吹聴し、自分がどんなにお嬢さんのお気に入りで、お嬢さんは自分の言うことなら何でも聞くと、言い触らす。聖ジェイムズ公園へ度々顔を出すと、若い男たちは直(す)ぐ嗅(か)ぎつけて、袖(そで)や懐(ふところ)に恋文を忍ばせようとたくらむ。その手紙に少なくとも二ギニー添えてなかったら、腹立ちまぎれにそいつを引き出して、地べたに叩きつけてやる。金がついていたら、手紙には気がつかない振りをし、相手が悪ふざけをしているんだと思っているように見せかける。お邸へ帰って、お嬢さんの部屋でその手紙を何気なく落っことす。お嬢さまがそれを見つけて、腹を立てる。そこで——ちっとも知らなかった。ただ、公園で若い男の人が無理にキッスをしようとしたのを覚えているが、その時その人が袖口か下袴（ペチコート）にその手紙を入れたのだろう。その方は本当に今まで見たこともないような美しい方だった。でも、そのほうがよければ、手紙をお焼きになるがよいでしょう、と申し上げる。そのお嬢さんが馬鹿でなければ、目の前ではほかの紙を焼いて、後で一人になってからきっとその手紙を読む。ぼろを出さずにすむ限り、度々この手を実行するがよい。ただし、手紙の度ごとに一番お金をはずむ男を一番美しい男ということにする。従僕が直接お邸へ来て、お嬢さまに差し上げてくれと手紙を渡してよこすなんて僭越（せんえつ）な真似（まね）をしたら、たとえ一番のお得意からの手紙であっても、従僕の頭にそいつを投げつけ、何て図々しい悪い人だろうと罵（ののし）り、押し出してぴしゃりと扉を閉める。直ぐお嬢さまの所へ走って行き、自分の忠勤振りを見せるために、一部始終を話して聞かせる。

この件についてはまだいくらでも話すことがあるが、後は御裁量に任すこととする。

色事に御趣味のある奥様にお仕えしている時は、うまく切り回すのは中々分別の要る難しいことだ。それには三つのことが大切。第一に、奥様を満足させること。第二に、旦那様や家の者に感づかれないようにすること。最後に、これが大切なことだが、自分のために最大の利益をあげること。こんな大きな問題に満遍なく指図をするには一冊の本が必要だろう。家での逢曳は奥様にもこちらにも危険。出来るだけよその場所でするように工夫する。特に、奥様のお相手が一人だけでない（というのが大ていの場合だが）時は、尚更である。その一人一人が旦那様を千人合わせたよりも激しい焼餅を焼くものだし、どんなにうまくやっていても、甚だまずい鉢合せが度々起こりかねないものだから。

一番気前好くお金を呉れる人たちのために第一に骨折ってあげることは言うまでもない。

だが、奥様がもしきれいな従僕に目をつけたら、この気まぐれは大目に見てあげるだけの雅量を示さねばならぬ。これは別にめずらしいことではなく、極めて自然な欲望なのだから。今でもこれは家庭の密事の中で一番安全なもので、昔は先ず感づかれることはなかったものだ、近年はざらにあることになって少し様子が変わったが。一番の危険は、この連中が普段安物を買いなれているために、病気持であることが時たまあることだ。そうすると、奥様にしても、こちらにしてみても、甚だまずいことになる、何も全然手がないわけでもないけれど。

だが、実を言うと、奥様の色事の始末について私などがお指図をするのは甚だおこがましいことである、お腰元をつとめるほどの方々なら、その道にかけては博学、熟練であられるはずだから。同じ場合に従僕が旦那様に与える助力よりはこの方がはるかに扱いにくい仕事ではあるにしてもである。それだから、この問題はこれ位にして、もっと筆の立つ人に任せることにしよう。

絹の上衣（マンチュア）やレースの頭飾りを鞄や箱にしまう時、端（はし）を少し外へ出しておいて、今度鞄を開ける時に、ありかが直ぐわかるようにしておく。

第十章　女　中(Housemaid)

旦那様と奥様が一週間以上田舎(いなか)へお出掛けの時は、お帰りと思う一時間前までは寝室や食堂の雑巾掛(ぞうきんが)けをせぬこと。これで、部屋は十分きれいになってお迎え出来るし、また直(す)ぐ雑巾掛けをしなくちゃならぬ手数が省ける。

気位ばかり高くて怠(なま)け者(もの)の奥様方にはほんとに困ったもの。薔薇(ばら)を摘みにとお庭へ出るのを面倒臭がって、いやらしい道具を、時によると寝室まで、少なくとも隣りの暗い小部屋へ持ち込んで、御用を足すのにお使いなさる。その臭(にお)いと来たら、部屋だけでなく奥様方の御衣裳(ごいしょう)まで、近づく者に不快な思いをさせる、その入れ物を運び出す役目は、普通、女中さん。その女中さんにおすすめする。このいやらしい習慣をやめさせるためには、その道具を公然と表階段から従僕の見ている前を運び、お客様があったら、そいつを両手にかかえたまま玄関の扉を開けてやることだ。こうすれば、きっと、面倒でも然(しか)るべき場所で用を足して、身体(からだ)から出た汚い物を邸(やしき)中の男の召使の目に曝(さら)すのはよそう、と奥様も考えるだろう。

雑巾箒を突っ込んだ汚水の桶、石炭箱、壜、箒、御厠など、そういう見っともない代物は、目に付かないように、光の射さぬ玄関とか、裏階段の暗い所とかに置いておく。それを踏ん付けて向う脛を傷める者があっても、それはその御当人が悪い。

御厠は一杯になるまであけない。夜間満杯になったら、通りへあける。朝は、庭へあける。屋根裏部屋や階上から裏庭まで何度も往復したんではやりきれない。自分の分以外は、水で洗ったりしない。きれい好きな娘さんが他人の身体から出たものをいじくれるものか。それに、尿の臭いは、前にも言ったが、ヒステリーの妙薬である。そして十中八、九の奥様がこの御病気をお持ちだろう。

濡れたよごれた箒で蜘蛛の巣を払い落とす。よくくっついて、うまく落とせる。

朝、居間の煖炉を掃除する時、昨夜の灰を篩に投げこむ。それを持って降りる途中でこぼれたのは、部屋や階段に撒く砂の代用になる。

居間の煖炉の真鍮や鉄を磨いたら、近くの椅子によごれた濡れ布巾を置いておく、奥様に仕事を怠けてはいないことを知らせるために。扉の真鍮の錠を磨く時も同じ。ただし、この時は、も一つ、ちゃんとやったというしるしに、扉によごれた指の跡を付けておく。

奥様の御虎子を寝室の窓に一日中置いて、風に当てる。

食堂や奥様の部屋へは大きな石炭だけ持って行く。一番よく燃えるから。あまり大きすぎたら、大理石の炉床にぶっつけて苦もなく割れる。

寝る時は火の元に用心。蠟燭は息で吹き消して、寝床の下へ押しこんでおく。

原註——蠟燭の心の臭いはヒステリーによく利く。

子供が出来たら、相手の従僕を口説いて六カ月になる前に結婚する。何故あんな一文の値打もないような男を選ぶのかとの奥様のお尋ねには、御奉公は親譲りではございません、と答える。

奥様の寝床の仕度が出来たら、御虎子を下へ入れとくのだが、一緒に寝台の下の垂れ幕を押し込んで、御虎子が丸見えになるようにしておく、奥様が必要を感ぜられる時、直ぐ間に合うように。

猫か犬を部屋か押入れに閉じ込め、家中にどえらい物音を立てさせる、強盗やこそ泥が入ろうとしても、びっくりして逃げ出す。

前の晩に、通りに近い部屋を雑巾掛けしたら、汚れ水を玄関から投げてやる。だが、前を見ないように気をつける、水をひっかけられた人が、失礼な奴と思い、わざとやったんだと考えるといけないから。水をかけた仕返しに窓硝子をこわされ、奥様からお小言で、桶は持って降り、流しへあけなさい、ときつい御命令だったら、その対策は造作ない。階上の部屋を掃除したら、桶を持ってずっと台所まで、階段にぽたぽた水をこぼして行く。そうすれば、荷が軽くなるばかりでなく、窓か玄関の階段から水を投げた方がましだと、奥様も御得心になるだろう。第一、玄関の階段から水を投げておくと、寒い夜には家中の者が大いに楽しめる。水が氷ると、通る人が次々と家の前でつんのめったり、尻餅をついたりするのが見物出来る。

大理石の炉床や炉棚は脂にひたした布巾で磨く。一番よく光沢が出る。下袴に気をつけるのは御婦人方の問題で、こっちの知ったことでない。

やかましい奥様で、部屋を砂岩で擦って磨けとのことだったら、まわりの壁板の下に深さ六インチの砂岩の痕跡を残しておき、御命令に従っておりますということを奥様に見せる。

第十一章　乳搾り女（Dairymaid）

バター造りの疲れ。夏でも、攪乳器（チャーン）に煮立った湯を入れ、台所の火のそばで、一週間経（た）ったクリームで攪拌（かくはん）する。情人（おとこ）のためにクリームを取っておく。

第十二章　子供付きの女中 (Children's maid)

子供が病気の時、食べたがったり飲みたがったりするものは、医者からは禁ぜられていても、構わず与える。病気の時に欲しいと思うものが身体(からだ)に悪いはずはない。薬は窓から投げてしまう。子供は尚更(なおさら)なついてくる。ただし、子供にはよく口留めしておく。病気の奥様にも同じにする、そして身体にいいと約束しておく。

奥様が子供部屋へ来て子供を折檻(せっかん)しようとしたら、憤然として鞭(むち)を奥様の手からもぎとり、こんな残酷なお母さんは見たことがない、と言ってやる。奥様は一応叱(しか)るが、感心な女中だと思い、なお好きになる。子供が泣き出しそうになった時は、幽霊の話をして聞かす、等々。

子供たちを乳離れさせること、等々。

第十三章　乳　母 (Nurse)

赤ん坊を落っことして足を駄目にしても、しゃべってはならぬ。赤ん坊が死ねば、万事丸くおさまる。

乳をやっている間に、出来るだけ早くお腹(なか)に子供をこしらえる工夫をし、今の赤ん坊が死んだり乳離れしたりした時に、直(す)ぐ次のつとめ口にありつけるようにする。

第十四章　洗濯女（Laundress）

洗濯物をアイロンで焦(こ)がしたら、小麦粉、白墨、白粉(おしろい)でそこを擦(こす)る。どうしても駄目なら、見えなくなるか、ぼろぼろにやぶけるまで、いつまでも洗う。

洗濯物を引き裂くことについて——

紐(ひも)か垣に洗濯物をピンでとめておいて、雨が降って来たら、引き裂いても構わず、ひったくって取る、等々。だが、洗濯物を懸けるのに良い場所は、若木の果樹で、特に花の咲いてる時は工合(ぐあい)がいい、洗濯物はやぶけないし、花のいい匂いがつく。

第十五章　女中頭 (Housekeeper)

頼りになる気に入りの従僕をこしらえておく。二品目の御馳走（ごちそう）が下げられる時を注意しているように命じておき、それを部屋まで気づかれぬように持って来させ、家令と一緒に頂戴する。

第十六章　家庭教師（Tutoress, or Governess）

子供達がただれ目だという。ベティ嬢さまはどうも御本がお嫌いで、等々。

フランスとイギリスの小説、フランスの伝奇物語、チャールズ二世とウィリアム王の御世(みよ)に物された喜劇全部を、お嬢さま方に読ませ、その天性を柔らげ、心優しくする、等々。

（以上の「奴婢訓」に次に掲げる文章を付け加えておく方がよいと思う。書く態度は大変違うが、召使に対する指図という目的の点では同じである。後者は文字通りに、前者は皮肉に、解釈すべきことは一見明瞭である。また、前者に皮肉の趣向を与える考えは、全体の目的がきまり一部実行に移された後に、思いつかれたと見られるふしもないではない。文字通りの指図が有益なら、皮肉の指図の方が面白いことは事実である。両方共に未完成であるのは遺憾だが、もし完成されていたら、どちらも独自の長所を持つことが明らかで、どちらを欠いても、読者は当然文句を言うだろうと思われる。[10]）

宿屋における召使のつとめ

御主人よりも先に馬に乗る。御主人が乗られるのを見たら、馬を急がせて、前に出る。昼食にお立ち寄りの時は、先に宿屋の門を入り、馬丁を呼んで、御主人の馬から下りる時、馬を抑えるよう命ずる。御主人のことは宿屋の召使に任せ、馬を牽(ひ)いて厩舎(きゅうしゃ)へ行く。

厩(うまや)の入口から一番遠い所を選び、その場の乾燥の工合(ぐあい)に注意し、直ちに新しい藁(わら)を持って来させる。飼葉格子から古い乾草(ほしくさ)を取り出し、新しいのを代りに入れる。馬の腹帯を緩(ゆる)め、十分食べさせる。身体(からだ)の冷えて来るまで馬勒をはずさず、一時間は鞍(くら)を取らない。蹄(ひづめ)の汚物をよく取り除き、釘(くぎ)の頭が緩んでいないか、よく打ち込まれているかを調べる。故障を見つけたら、直(す)ぐ鍛冶屋(かじや)を呼びにやる。鍛冶屋が仕事をする間、必ず側に立っている。燕麦(えんばく)は最後に与える。宿屋から一マイルかそこらに来た時に、馬に水を飲ませる。御主人の前後四十ヤード以上離れない、ただし、御主人の命令があれば別。燕麦は香りを嗅(か)ぎ、重味をはかって調べる。量りの良し悪しに注意する。馬が食べている間は側に立っている。

夜の宿に入る時は、馬の足を毎晩牛糞湯[11]でよく洗う。前述の規則を守ること同じ。ただ、鍛冶屋の手を必要とすることがあれば、前の晩にやっておく。

朝お立ちの時刻を承知しておき、御用意をなさるためにたっぷり一時間の余裕を取っておく。朝でも昼でも、御主人を待たせないように食事をすませる。酒場の給仕に勘定書を直接御主人の許(もと)に持って行かせてはいけない。先(ま)ず、こちらで注意深く正直に調べ、手ずから御主人の許へ持参し、項目を逐一説明出来るようでなければならない。礼を欠いた召使が居たら、御主人が心付けを渡そうとなさる時、そいつの面前でその旨申し上げる。

（召使二人の場合の一人の役目）

御主人の後方四十ヤードの所を乗って行く。だが、馬に乗るのは御主人より先にする。御主人の馬の蹄に異状がないか、時々注意して見る。お昼に宿屋に着いたら、馬を馬丁に預け、先ず行って御主人のために手頃な部屋を取り、御主人の御覧になってる前で荷物を部屋へ運ぶ。宿の様子を調べ、自らそれを検分し、御主人に意見を申し上げる。時々台所へ自ら出張し、正餐（あるいは夜食）を急がせ、清潔かどうかをよく見る。エールの毒味をし、その良し悪しを申し上げる。ワインをお望みなら、給仕と共に行って、中味の充実し、栓に異状のない壜を選んで来る。ワインが樽入りだったら、味と香りを調べさせてもらう。酸っぱかったり、濁っていたり、味が悪かったりしたら、御主人にお知らせし、飲めないワインに金を取られることのないようにする。塩は乾いて粉末状、パンは新しくきれいで、ナイフはよく切れる——その注意。夜の場合も以上の規則に変りはないが、錠前と鍵に異状のない温かいお部屋を選ぶことが第一。次に、シーツを持って来させ、十分乾かし、よく燃えた煖炉で温めておく。毛布、敷布団、（シーツの下の）長枕、枕、などに手を触れ、乾いているかどうか、ベッドの下の床が湿気ていないかどうか、を調べる。部屋は最近泊り客のあった部屋がよい、その点を尋ねておく。ベッド自体が湿っていたら、よく燃えた煖炉の前へ運ばせ、両側から火で乾かす。宿屋に忘れ物をしないように、持って出なければならない物の表をこしらえておき、馬に付ける時に一々表と照らし合わせる。

時々厩舎へ出かけて行き、馬丁がつとめを怠っていないかを調べる。

持ち物を鞄に詰めるために、リンネル類などの表をこしらえる。詰める時には、堅いものが隣合せにならないように、紙かタオルでくるむ。大きなザラ紙、その他反故を沢山用意しておく。旅行鞄の中は、すべてがその在るべき場所にちゃんと在るようにする。靴やスリッパの先には小さな藁束を詰め、衣服類は皺にならぬように畳んでおく。御主人の夜のお部屋は万事お邸におけると同じ様に整頓しておく。少しは料理の腕も身に付けておき、いざという時に御主人に不自由な目をさせないですますことが出来るようにする。

別当——鐙革、千枚通し、馬蹄釘十二本、蹄鉄一、鑿、金槌などを、万一の場合に備え、持参する。なお、縄きれ、捆(から)げ糸(いと)、栓抜き、ナイフ、小刀、針、ピン、糸、絹糸、毛糸、等、膏薬(こうやく)少々と鋏(はさみ)。

同じく――各自が携行すべきものあり。手帳を持ち、勘定書はすべて保存し、時と場所とを書きとめ、数字を裏書きする。

町に着くごとに見物すべきものがあるかどうかを尋ねる。郷士の館(やかた)に注意し、その所有者の名を尋ねる。それと、その所在州名を記入しておく。

御主人が上られたる時、寝台の下を探し、猫か何か居らぬかを見る。

御主人の寝床をこしらえ万端用意出来たら、寝室をとざし、お寝(やす)みの時まで鍵を保管する。御主人が床(とこ)に就かれたら、鍵を朝までポケットに入れて預かる。

お立ちの一時間以上前に起こしてもらい、御主人の身仕度に一時間の余裕があるようにする。

宿屋の馬丁が性悪だったり怠(なま)け者(もの)だったりしたら、御主人の馬の口を取らせない。郷士の邸においても同様、別当が馬の世話をよくしなかったら、御主人の馬の口を取らせない。

泊っている宿屋で、次に行くはずの町で一番上等の宿屋は何処(どこ)かを聞いておく。だが、それを当てにはせず、泊るべき町へ入ったら、町の人に一番良い宿を聞き、最も大勢の人の推奨する宿屋へ行く。

御主人の靴は前の晩に乾かして、よく脂(あぶら)を塗っておく。

ディーン⑫の家僕(しもべ)の守るべき掟

一七三三年十二月七日

召使の男子両名中いずれが泥酔せる場合も、受領せる給料金額の受取書をディーンに差し出すことにより、給料中より上記罪状に対する罰金英貨一クラウンを支払うべきこと。

ディーン在宅の時、ディーンに申(もう)し出(い)でその許可を得ることなくして、召使は他出すべからず。犯したる者は外出中の三十分ごとに六ペンスの罰金を、その食費中より支払い停止の方法により徴収せらるること。

ディーン不在の時、家婢を除く召使は三十分以上他出すべからず。三十分を超えたる時は、その三十分ごとに六ペンスの罰金を支払うべし。外出中の者帰宅せざる前に他の召使外出せば、上述の方法により給料中より五シリングの罰金を徴収せらる。

男女を問わず明白なる嘘言をなせる者は、罰金一シリングをその食費中より差し引かるべし。

ディーン、本宅、離れ家、庭園、ナボトの葡萄園を巡遊し、その管理に当たる召使の怠慢による不都合の点を見出したる時は、当該召使は罰金六ペンスに処せらるべく、なお、出来る限り早急にその修復を心懸くべく、然らずんばディーンの裁量により罰金の増徴を免かれざること。

召使両名がディーンの不在中相携えて外出し、その事実がディーンに対し隠蔽せられたる場合は、該隠蔽者は前述の方法により給料中より二クラウンの罰金を徴収せらるべきこと。

食卓に侍するに当たり、召使両名が命なくして共に部屋を去りたる時は、後に部屋を出でたる者に対し食費中より三ペンスの罰金を徴す。

家婢はディーンの不在中一時間の外出を可とす。一時間を超えたる場合の罰は男子の場合に同じ。ただし、家婢帰宅するまで男子両名にて留守番をなすことを条件とす。然らざる時は、家婢帰宅前に外出したる者は、前述の方法により一クラウンの罰金を給料中より支払うべし。

今後、時に臨み家僕取締りのためディーンにおいて定むるを適当と認めたる他の掟、並びに、怠慢あるいは不従順に対する罰則は、召使一同の遵守(じゅんしゅ)すべき義務あること。

家婢を除き、泥酔を敢(あ)えてせる召使については、他の両名より必ずディーンに報告あるべきこと。背きたる場合は、泥酔せる当人の一クラウンのほかに、報告を怠りたる者の給料より二クラウンの罰金徴収せらるべし。

アイルランドの貧家の子女がその両親並びに祖国にとっての重荷となることを防止し、かつ社会に対して有用ならしめんとする方法についての私案

このダブリンの町を歩き、または田舎を旅行する人々にとって、街路や人家の戸口に女乞食が群がり、襤褸を着た三人、四人、六人の子供達が後にくっつき、道行く人に施しを乞うている様を見ることは、実に憂鬱な光景である。これらの母親達は生計を立てるための仕事が得られず、日がな一日うろつき歩き、たよりない子供のために食を乞わねばならぬ。子供は子供で、大きくなると、仕事がないので泥坊になるか、または懐かしい祖国を棄てて、スペインの「王位覬覦者」⑬のために戦ったり、バルバドス島へ身を売ったりしなければならない。

この夥しい数の子供等が母親の(しばしば父親の)腕に抱かれ、背に負われ、尻にくっついて歩く様は、この国の悲惨な現状に更に大きな苦痛を付け加えるものであることには、誰も異論がないと思う。だから、これらの子供を社会の健全有用な一員とする安価で容易な正しい方法を見つけることの出来た者は、その功労浅からず、けだし、銅像を建立してその国家保全の労に報ゆべきであろう。

しかし、私は専門の乞食の子供の処置だけでなく、もっと広く、街頭に慈悲を乞う連中と事実上変りはない、子供を扶養する能力のない両親から生まれた或る年齢の子供達全部を考えているのである。

数年来この重要問題について思いをめぐらし、他の方々の計画を慎重熟慮した私としては、皆さんは大きな計算違いをしておられると考えざるを得なかった。成程、生まれ落ちたばかりの赤ん坊は丸一年間は母親の乳で養われ、ほかの食べ物は僅(わず)かですむ。せいぜい金高で二シリングを出まい、それ位の金や残飯は乞食商売で母親は確かに稼ぐことが出来る。私の提案は丸一歳になった時に救いの手を伸ばそうというので、しかもその方法は、両親や教区の負担となったり、死ぬまで衣食に苦労する代りに、大勢の人の食料と(幾分かは)衣料の点でもお役に立つようにしようというのである。

私の計画にはも一つ大きな利益がある。堕胎の防止と、あの私生児を殺す恐ろしい習慣――遺憾ながら我が国では頻繁に行われている――恥辱を隠すためというより、物入りを避けるためだろうと思われるが、罪のない赤ん坊を犠牲にする――いかに残忍不人情な者の胸にも同情の波を催さずにおかぬだろう――この習慣を、私案は防ぐことが出来るのである。

この国の人口は普通百五十万となっているが、このうち子を生む夫婦の数を約二十万と見、うち三万は生んだ子供を育てる能力のあるものとして勘定に入れない。国の現在の困窮状態では三万は多すぎるとも思われるが、まあそういうことにしておくと、残る所は十七万である。なおこの中から、早産、病気または事故で一年以内に死亡するのを見込んで、五万を引くと、残る十二万が、毎年生まれる貧民の子供の数ということになる。そこで、問題はこれらを如何に育て養うかということであるが、それが、前にも言ったように、現状では、今まで考えられたどんな方法によっても、全く不可能なのである。手職や農業に彼等を働かせることは出来ない。家を建てることも(地方での話)、土地を耕すということも今はない。さればといって、泥坊で暮しを立てることも(余程この商売に好都合な場所でなければ)、満六歳になるまでは先ず難しかろう。もっとも、手ほどきはもっと早くから覚えることは確かだが、この時分は「見習い」期間と見るのが当然だろう。キャヴァン州の大旦那の話でもそうらしいので、この商売の上達が早いので有名な或る地方ですら、六歳以下の実例はほんの数える程しか知らない。とその旦那もきっぱり言っているのだ。

商人の話によると、十二歳前の子供はてんで売物にならない、十二になっても相場は三ポンド、せいぜい三ポンドと半クラウン位のもので、これでは両親にも国にもちっとも利益にならない、少なくともその四倍の費用が食べ物と衣料とにかかっているのだから。

そこで、ここに私見を述べさせて頂く次第であるが、これに対してはおそらく御異議はあるまいと思っているのである。

ロンドンで知合いになった大変物識りのアメリカ人の話によると、よく育った健康な赤ん坊は丸一歳になると、大変美味(うま)い滋養のある食べ物になる。シチューにしても焼いても炙(あぶ)っても茹(ゆ)でてもいいそうだが、フリカッセやラグー⒁にしてもやはり結構だろうと思う。

それ故、以下私見を述べて大方の御考慮を煩わす次第である。先に計算した十二万の子供のうち二万は子孫繁殖用に保留しておく、男はその四分の一でよろしい、それでも、羊や牛や豚よりも割がいい。この子供達は正常な結婚から生まれたものは稀(まれ)なんだし、未開人の間では結婚なんて余り尊重されないことだしするから、女四人に男一人で十分だろうというのが、その理由である。残った十万を丸一歳になったら国中の貴族、富豪に売りつける。母親に忠告して、最後の一月(ひとつき)はたっぷり乳を飲ませ、どんな立派なお献立にも出せるように丸々と肥らしておくことが肝要である。友人を招待するなら赤ん坊一人で二品の料理が出来る。家族だけなら、頭の方でも脚の方でも四半分で相当の料理が出来る。少量の胡椒、塩で味をつけ、殺してから四日目に茹でると丁度よい、特に冬分はそうである。

　私の計算では、生まれ立ての赤ん坊は平均重さ十二ポンド、普通に育てて丸一年で二十八ポンドに増える。

　この食べ物が少々お高いものになることは事実である、だから地主さん方に適当な食べ物で、親達の膏血をすでに絞った彼等だから子供を食う資格も一番あるというものだろう。

　赤ん坊の肉には一年を通じて特に「しゅん」という程のものもないが、三月とその前後に一番沢山取れる。そのわけは、有名なフランスの医者の書いた真面目な本によると、魚を食べると大変身体に精がつくので、旧教国では四旬節[15]の九カ月後頃に一番沢山子供が生まれる。そこで四旬節から数えて一年目頃には市場に品物が氾濫することになる。旧教徒の赤ん坊はこの国では少なくとも三対一で多数を占めているからである。それだから、私の提案によると、我が国の旧教徒の数が減ることになるから、更にも一つ利益が加わるわけである。

前に計算したように、乞食の子供(これには、水呑百姓、労働者の全部と、農業者の五分の四を入れて考える)を育てる費用は、ぼろ着を含めて、一年に約二シリングとなる。ところで、よく肥えた赤ん坊一個に十シリングを出し渋る旦那はあるまいと思う、特別の親友だけを招んでの宴会とか、家族だけの食事なら、前にも言ったように、赤ん坊一個で滋養のある上等の肉料理が四品も出来るのだから。こうして、旦那は良い地主様として借地人の間の評判がよくなり、母親は正味八シリングの儲けがあって、次の子供を生むまで十分働くことが出来る。

始末屋は(時勢の然らしむる所、やむを得まい)殺した赤ん坊の皮を剝ぐとよい、上手に加工すると、淑女用の立派な手袋、紳士用の夏靴が出来る。

ダブリン市の諸所、手頃の場所に、この肉の売場を指定して設ける、肉屋に事欠くことは先ずあるまい。実際を言うと、子供を生きたまま買って来て、焼豚をこしらえるように殺し立てを料理する方を私はすすめたいのではあるが。

国を愛する立派な人物で、有徳の人として私の尊敬している或る方が、近頃この問題を話していた時、私案に対して一つの改良案を出された。それによると、この国の貴族は近頃鹿を絶滅させてしまったから、鹿肉の欠乏を補うのに、十四歳以下、十二歳以上の少年少女の肉を用いたらいいではないか、どこの国でも仕事や職のないために餓死しようとしている少年少女は沢山ある、これらを、両親が生きていれば両親の手で、さもなくば近い親戚の手で、売り出せばいい、というのであった。すぐれた友人、功労のある愛国者に十分の敬意を払いながらも、御意見には全然賛成は致しかねると申さねばならぬ。というのは、例の私の知合いのアメリカ人が多年の経験から言ってることだが、少年の肉は、小学校の生徒のように、運動をよくするため概して痩(や)せて堅い、肥(ふと)らせるには費用がかかって採算が合わない。少女の方は、間もなく赤ん坊を生む母親になるのだから、殺しては社会的損失になると、私は考えるのだが、どんなものであろうか。おまけに、口やかましい連中から、そんな習慣は残忍だという非難(不当な非難なのだが)を、ともすれば受ける恐れがなくもない。実は私自身、いろんな計画を拝見して、目的は大変結構なのだが、この残酷という点で強く反対せざるを得ない場合がしょっちゅうだったのだ。

だが、友人の弁護のために言っておきたいが、この方法を思いついたのは有名なサルマナザール⑯のせいなのであった。彼は台湾人で、二十年以上前にロンドンへ来たのだが、直接私の友人に話した所によると、台湾では若者が死刑になると、死刑執行人はその屍体を最上の美味として貴族に売る習慣になっている。彼がまだ島に居た頃、十五歳になる丸々と肥えた少女が、皇帝毒殺の陰謀のため磔刑に処せられ、その肉が処刑台から肉片として切り取られ、四百クラウンで、皇帝陛下の総理大臣閣下その他宮廷の大官連に売り渡された、ということである。この町にも、自分の財産は銀貨一枚もない癖して、セダン・チェアなしでは出歩けず、買う金もないのに渡り物を着飾って芝居小屋や舞踏会に顔を出す、丸々と肥えた娘さんが大勢居るが、この連中をこの台湾の少女と同じ風に利用しても、この国には少しも損は行くまい、これは確かに否定出来ないことだ。

悲観的な気分の人は、貧乏人の老人、病人、障害者の莫大な数を大変気に病んで、この困った厄介物を始末するにはどんな方法を取ったらいいか考えてもらいたい、と依頼されたこともあるが、私はその問題はちっとも心配はしていない。この連中が寒さと飢えと不潔と毒虫のために毎日どしどし痩せ衰えて死んでいることは、誰でも知ってる事実だから。若い労働者でも、現在、まあ似たりよったりの有望な状態にある。仕事がないから、栄養不足でひどく痩せ衰え、たまたま普通の労働に雇われても、体力がないためそれに堪えられない。こうして適当に死んでしまうから、彼等自身にしても御国にしても、将来の禍から救われているようなわけである。話が横道に逸れすぎたようだから、本題へ戻ろう。以上の私案の利益は重要であるばかりでなく、明白な利益が沢山ある。

第一に、前に言ったように、旧教徒の数をうんと減らす。彼等は我々の最も危険な敵であり、またこの国一番の多産種で年々国土に蔓延り広がる。わざと国に踏みとどまって「王位覬覦者」の手に御国を売ろうと目論み、多くの善良な新教徒の不在を巧みに利用しようとする。新教徒はまた、国にとどまって十分の一税を良心にさからってまで国教会の牧師に支払うよりは、国を去った方がいいと言うのだ。

第二に、貧乏な借地人にも貴重な自分の所有物が出来る。それは法律上差押えの対象となるし、地主に地代を払う助けにもなる、収穫も家畜もすでに差し押さえられており、金なんかお目にかかったこともない彼等なのだ。

第三に、十万の子供を二歳以後育て上げていく費用は一人当たり一年に十シリング以下には見積もれないから、私案を実行すれば、国民の資産が年に五万ポンドだけ増える勘定になる。また、国中の高尚な趣味を持ったお金持の食卓に新式料理が加わる。それから、全然国内で産出製造される品物だから、金が国内に流通する。

第四に、子供を生む母親は、子供を売って年八シリングの純益をあげるほかに、一年以後子供を育てる費用をまぬがれる。

第五に、酒場のお客が増える。抜け目のない酒場の亭主はこの食べ物の美味い料理法の秘伝を入手し、おえらい旦那方が美食の知識を誇る弱味につけこみ、彼等を自分の店へ引っ張り寄せる。お客を満足させる術を心得た腕利きのコックは、赤ん坊料理をお客の好きなだけ高価なものにすることが出来るだろう。

第六に、結婚の奨励になる。すべての賢明な国家は賞金を出して結婚を奨励したり、法律と処罰で励行したりしているのである。また、母親の子供に対する優しい心づかいを深めることになる、赤ん坊の終身手当が保証され、それは世間が払ってくれるようなもので、毎年母親の費用が省けて、儲けになるのだから。女房達の間には、誰が一番肥った赤ん坊を市場へ出せるか、真剣な競争が始まる。亭主は亭主で、妊娠中の女房にやさしくなる、子を孕んでる牝馬や牡牛、お産の近付いた牝豚を現在可愛がっているように。早産を恐れて、女房を殴ったり蹴飛ばしたりはしなくなるだろう(現在はざらにある習慣なんだが)。

ほかにも利益をあげればいくらもある。例えば、樽詰牛肉の輸出では千頭分の増加になる。豚肉増産と優良ベーコン製造法の改善になる。ちなみに、ベーコンは、あまり豚を食卓に使い、むやみに殺すため、最近欠乏の形である。でも、豚なんぞ、味から言っても立派さの点でも、よく育った肥えた一歳の赤ん坊にはとても較べものにならない。丸焼きにした赤ん坊は、市長さんの饗宴でもその他どんな大宴会場でも、さぞかし異彩を放つことだろう。だが、簡単にしようと思うので、こんなことも、その他いろいろ、省略することにする。

お祝いの席、特に結婚式と洗礼日に赤ん坊を使う家庭のほかに、赤ん坊の肉の普段のお顧客がこのダブリンで千軒あるとすると、ダブリンだけで毎年約二万を消費し、残りの八万があとの地方(多分地方では少し安く売ることになろう)、という計算になる。

この提案に対し異論が唱えられるなんてことは私には考えられない。ただ、そのためにこの国の人口がうんと減ると言われれば、その点は率直に認める。また実際、それがこの提案を世に示す主な目的であるのだ。私の提案はこのアイルランドという一つの国に対する対策であって、この地球上に嘗て存在し、現に在り、また今後存在し得ると思われる他の如何なる国のためでもない、このことに読者は注意して頂きたい。それだから、以下に述べるような他のいろんな方法のことなどを私に向かって誰も言わないでもらいたいのだ。——不在地主に対し一ポンドにつき五シリングの課税をする。国内の産出製造にかかるもの以外の衣服や家具類を使用しない。外国の贅沢品を助長する一切の物資器具を絶対排斥する。婦人における自尊、虚栄、怠惰、賭事から来る浪費癖を矯正する。節約、分別、節制の風をひろめる。国を愛することを知るようにする、この点においては我々はラップランド⑰の人々やトピナムブー⑱の住民にすら恥じなければならないのだ。憎悪心、党派心を去り、自分の都が占領されたその瞬間にもお互いに殺し合っていたユダヤ人の様な行動をやめること。国と良心とを無代で売るようなことをしないように気をつける。少なくともある程度の慈悲心を借地人に対して持つことを地主に教える。最後に、正直、勤勉、熟練の精神を商人に持たせる。今、国産品だけを買う決心をしたとすると、彼等商人は忽ちぐるになって、値段や数量や品質の点で我々を欺き搾取をする、また、度々熱心な勧誘を受けながら、正しい商売道を進んで提唱する気を起こしたためしのない彼等商人なのだ。

繰り返して言うが、こうした類いの方法⑲について誰も私に話をしないでもらいたい、それらを実行しようとする誠実、真摯の試みが生ずる希望の少なくとも片影でも認められるまでは。

私自身としては、数年来空しい無駄な空想的な意見を提出することに疲れ、遂に成功の望みは全く絶つに至ったのだが、幸いにも上に述べた私案を思いついた次第で、これは全く新着想であるから、これこそ真に本物と感ぜられる所がある、費用はかからず、骨は折れないし、全然我々自身の権限内のことで、イングランドに迷惑をかける心配も絶対にない。[20] 赤ん坊の肉は輸出に不向きだからである。あまりに柔らかく、形がくずれやすくて、長期の塩漬けによる貯蔵に堪えないのだ。もっとも、塩漬けなんかにしなくとも、我が国民をそっくりみんな食い尽くそうとしてる国があることは、私にははっきりわかっているのだが。

結局、私だって何も飽くまで自説に固執して、賢明な方々の御提案になる同じように無害で安直で容易でまた効果的な方法を排斥しようなどとは決して思わないが、私の案に反対して、私のよりもっと優れた計画を出そうとする人は、その前に、先ず、次の二つの点を慎重に考えてもらいたいのである。一つは、現在のような事態で、十万の役にも立たない子供の口を糊し、背を蔽う食べ物と衣料をどうして見つけることが出来るか、ということ。第二に、このアイルランド中に人間の形をした生き物がたっぷり百万は居るが、今仮りにその生活の資を全部一まとめに共通財産として考えてみると、二百万ポンドの借財が残る勘定になる、事実上乞食同然の妻子を抱えた農業者、水呑百姓、労働者の大部分に、乞食を正業としている者を加えてみると、そうなるのだ。それで、私案を毛嫌いし、敢えて反駁を試みようとなさるであろう当路の方々にお願いしたい、先ずこれらの子供の両親たちにこう言って訊いてみてもらいたい——私のすすめているような風に丸一歳の時食べ物として売られて、そうすることによって、その後経験した数々の不幸の連続を避けた方が、ずっと幸福だったと今彼等は考えはしないだろうか。地主の暴虐に苦しめられ、金も仕事もなくて地代が払えず、命をつなぐ糧に事欠き、住むに家なく、寒さを凌ぐ着物もない、しかも、同じあるいはもっとひどいみじめな暮しを子供達が永久に続けていかねばならないという先の見通しを避けることも出来ない、これでも生きていた方がよかったかどうか。

最後に、衷心から申し上げておきたいことは、この私案を提出し主張するに際し、私は少しも個人的利害を持たないということである。祖国の公共的利益のため、商業を振興し、幼児のため後図を策し、貧民を救済し、富者に若干の快楽を与える、それ以外に何の動機も私は持たない。一文の金を儲けようにも、それに必要な赤ん坊が私にはない。私の末の子は九つになり、妻はもう子供を生む年ではない。[21]

訳 註

(1) ***Barbadoes*** 英領西インド諸島中の島。一六二五年以来、移民による開発が行われていた。

(2) 酒蔵の鍵を預かり、酒類の保管に当たる。宴席では酒類の給仕をする、貴重な食器の管理も托せられている。また召使の頭で、主人の意を体して召使全員の元締めをやる。金ボタン付きの礼装をして、頬髯を蓄えた堂々たる偉丈夫が多い。

(3) ***ale*** ale と beer は英語では本来同じものを指すが、beer は麦酒類の総称として用いられ、ale はその中の色の淡い種類を指すようになった。なお、small beer(弱ビール)というのは薄い品質も劣ったビールである。

(4) ***gill*** =1/4 pint. 一パイントは三合強。gallon は八パイント。quart は四分の一ガロンである。

(5) ***sack*** 昔、スペインやカナリヤ諸島から輸入された上等の白ワイン。

(6) ***Childermas-day*** 「幼児の日」。ヘロデに殺された幼者(『マタイ伝』第二章十六節)を祭る日で、十二月二十八日に供養祭がある。当時は厄日として毎週それに当たる日を考えていた、と『ジョンソン辞典』に記載がある由(*OED*)。

(7) ***sedan-chair*** 十七、八世紀ヨーロッパに流行した一種の轎で、前後から轎夫が両手で持ち上げて運ぶようになっている。

(8) ***Newgate*** 昔のロンドンの監獄（一九〇二年に廃止された）。当時は、死刑囚の臨終告白を書き綴ってやることが、牢獄付き教誨師の牧師の役目であった。

(9) ***Gil Blas*** フランスのルサージュ (Alain-René Lesage, 1668–1747) の小説。主人公の遭遇した数多の奇談を物語る。

(10) ここの丸カッコ内の文章は、一七五五年版のスウィフト全集の編輯者によって書かれたものである。

(11) ***cow-dung*** 少量の牛糞を白亜土と共に温湯に溶かしたものを dung-bath と言い、更紗染めの媒染剤を洗い落とすのに用いた。この場合も、類似の温湯で馬の足を洗い、汗その他の汚物を落とすことに用いたのではあるまいか。

(12) ***dean*** 中央寺院または聯合寺院 (collegiate church) に在住勤務する僧の組織する僧会の長を言う。ビショップの下にあって実際寺務を処理する寺院長である。スウィフトは一七一三年以後、ダブリンの聖パトリック中央寺院のディーンの職にあった。

(13) ***the Pretender*** 英王ジェイムズ二世の子 James Francis Edward Stuart (1688–1766) を Old Pretender と呼び、その子 Charles Edward (1720–1788) を Young Pretender と言う。共に、フランスに亡命して、スチュアート王家復興を策した。その一党を Jacobites と言う。ここでスウィフトが「スペインの王位覬覦者」と言っているのは、スペイン宰相アルベロニのことを指しており、この数年前にジャコバイトの叛乱があり、アルベロニがこれを助けた事実がある。

(14) ***fricasee; ragout*** 共に料理の名で、肉を細切りにし、フライまたはシチューにして、ソースをかけたもの。フリカッセの方は鶏、小鳥、兎などの肉を主として用いる。

(15) **Lent** Ash-Wednesday(聖灰水曜日)から Easter-Eve(復活祭の前夜)までの四十日間を旧教徒は精進日として守り、キリストの荒野の苦行(『マタイ伝』第四章)を記念する。精進日というのは獣肉を断つのであって、魚肉は差し支えない。

(16) **Psalmanazar** この話はサルマナザール(George Psalmanazar, 1679-1763)の『台湾島記』にある。彼は初め台湾人と称していた山師だが、後にその虚構を告白した本を書いた(スコットの註による)。

(17) **Lapland** スカンジナヴィア半島の最北端部、風や嵐を起こす妖婆や魔法使の住処と昔は信じられていた。

(18) **Topinamboo** ブラジルの一地方で、未開蒙昧の民の住む所と考えられていた。

(19) これらの方法こそ、スウィフト自身がこれまで論文、パンフレットなどで真面目に唱道して来た画策なのである。

(20) 産業経済面でのアイルランドとの競争はイングランドにとって不利であるという考えが、当時の英国政治家の対アイルランド政策の根底にあった。そこから、アイルランドからの牛の輸入禁止、その他アイルランドに対する圧制の数々が生まれて来た。

(21) これは勿論スウィフトの諧謔であって事実ではない。

漱石のスウィフト

深町弘三

「スヰフトと厭世文学」（『文学評論』第四編）という漱石の論文は、漱石らしい洞察のひらめきの随所にうかがわれる、いかにも漱石らしい良心的な緻密な研究であって、漱石のおかれていた時代やその限られていた文献資料などを考慮に入れると中々に立派な講義で、敬服に値いする。筆者がスウィフトに興味を持つようになったのも漱石の『文学評論』を読んだお蔭である。従って、この小論は決して漱石の講義のあらさがしをすることが目的でないことは言うまでもない。しかし、正宗白鳥のような小説家が『文学評論』を面白いと言って賞めていることや、それは漱石が「文学に無縁な講壇の教師」でなく「本質はジャーナリストであった」（寿岳文章）からだという見方があることを思うと、英文学研究の立場で一応漱石のスウィフトを検討してみることが必要であると思われた。

また、漱石以後のおびただしいスウィフト研究家の研究成果の一端に触れることも無意味ではないと考える。

漱石のスウィフト論を読んで筆者が疑問に思った点を漱石自身の言葉で述べると、次のようになる——

(一)「こゝにスヰフトと云ふ一個の人間が有て、非常に暗黒なる観察を人間と社会との上に放つたのは、時代と関聯して論ずると、一種の常規を外れた現象と云はねばならぬ」。「然しスヰフトに至つては、如何しても十八世紀流で無いと思ふ。彼の声は絶望の声である、何等の光明の存在をも世の中に許さぬ不満足である。如何しても時代思潮の表現とは受取れない」。

(二)「桶物語」には「本文とは全く無関係の叙述即ち digression がある」。「此 digression に外れる具合、及びその中に書いてある事柄、並びに書き案排を吟味して見ると、何所かスターンに似て居る」。「書籍の戦争」は「寧ろ他人の作と結び附けて論ずる方が興味がある様に思ふから後廻はしにする」。「馬の国」は「人間に対する大侮辱大諷刺である。此大不名誉を人間全体に蒙らして置いて、空うそむいて澄まして居る所が、スヰフトのスヰフトたる所であらう」。「人類はスヰフトの為めに自尊心を傷けらるゝ故に不愉快である……かくして人類は世界滅却の日に至る迄不幸である。それが最大不愉快である」。「僕婢への差図」について、「彼は真面目に是等の教訓を与へて居るのか、それとも諷刺的にこんな事を云つてるのか、素より説明をも与へて居らんから、読者の常識に依て判断する外はない」。

(三)「スヰフトの諷刺」は「冷刻なる犬儒主義(cold cynicism)とでも評したい気がする」。「かゝる諷刺家は少くとも諷刺を与ふる目的者の利害に関しては無頓着(indifferent)である」。

以上の三項目に焦点をあわせつつ、以下私見を述べる――

(一)

漱石はスウィフトの「厭世文学」が「如何しても十八世紀流で無いと思ふ」と言い、「一種の常規を外れた現象と云はねばならぬ」という結論に達し、その原因をスウィフトの「人格又は一身上の経験」に求めざるを得なくなり、その最も有力だと思われるものとしてスウィフトの「肉体上に病的であつた」ことをあげるに至った。これは、漱石文学の原因を漱石の精神病歴の中に探ろうとする一部医学者と同じ過ちを、漱石自身がスウィフトに関しておかしたものと言うべきである。すべてを病気のせいにしてしまう前に、漱石の精神構造、思想背景、外的環境、教育、読書など種々の要素を先ず（ま）十分検討しなければならないことは言うまでもない（漱石に関してはそれが或る程度までなされていることは幸いである）。スウィフトに関して漱石がこうした過ちに陥った原因の一つは、漱石がスウィフト文学を頭から「厭世文学」ときめこんで論を進め、スウィフトの諷刺文学としての特質を考えなかったためであり、一つは、スウィフトの思想背景として十七世紀思潮との関連を無視したためである。「スヰフトと厭世文学」を見ると、先ず最初に漱石は「文学は吾人（ごじん）の趣味（テースト）の表現（エキスプレッション）である」という根本論から始めて、諷刺文学の一般論的説明に進み、スウィフトの憎悪の性質を明らかにしようとする。これは『文学論』にも見られる漱石の研究態度であって、一見極めて科学的のように見えるが、あらかじめ一つの考えの型、概念の枠を自分でこしらえて、それに作品や作家をあてはめて説明してゆく傾向となり、ともすると作品や作家そのものに深く入りこんで検討することが疎か（おろそ）にされる嫌いがある。これは同じ『文学評論』中のポープ論にも認められる態度で、漱石の性癖であったようで、『行人』の一郎において漱石が描いている自己中心的にあくまで理づめに物を考えてゆく心理的分析の性癖が漱石自身にもあったことを示している。スウィフトの作品はその諷刺的要素と手法とを重視すべきであって、普通一般の意味における「厭世文学」ではないことについては(二)において詳しく述べるので、ここにはスウィフトの思想的基盤となった十七世紀の知的風土のことを述べておきたい。

漱石が『文学評論』の冒頭「十八世紀の状況一般」において述べ、更にスウィフト論においても繰り返している十八世紀という時代の説明は、一般概論としては勿論まちがってはいないが、それはむしろ十八世紀の半ば以後、いわゆるジョンソン時代に一層よくあてはまる記述である。たとえば、漱石が十八世紀の代表的哲学者としてあげているロック、バークレイ、ヒュームにしても、その主著はすべて「桶物語」や『ガリヴァ旅行記』と同じ時代またはそれ以後のものである(『人間知性論』(一六九〇)、『人知原理論』(一七一〇)、『人間本性論』(一七三九—一七四〇))。スウィフトが物を書いた一六九〇年から一七三〇年頃までの時代は、十七世紀のピューリタン時代から安定したジョンソン時代へ移行する過渡的な動乱の時代であった。ピューリタン時代の厳粛主義に対する反動の時代で、極端な合理主義、神慮による自然調和説、利他博愛の甘い道徳哲学、楽観的な自由放任(laissez-faire)、それらを鵜呑みにして勝手な熱を吐き散らすグラブ街の三文文士どもの跳梁する様子は、「現代才人の数おびただしく鋭鋒当たるべからず、長き泰平の閑暇を盗んで宗教と政治の弱所に穴をうがつが如きことのありはせぬかと、教会と国家のお歴々方御深憂の趣に察せられる」という「桶物語」緒言の冒頭の文句も必ずしも諧謔的誇張ではなかった。新旧いずれの道徳的基準からも凡そかけ離れた猥雑醜悪な現実社会の実情で、理論上のパングロスも実践上はカンディードたらざるを得ない。相反する誤謬の間にバランスを見出そうとする「妥協」の時代だという論者もある(Kathleen Williams)。そういう時代にスウィフトは居た。トマス・ホッブズの『リヴァイアサン』(一六五一)の政治哲学(「桶物語」緒言中の、国家という船に乱暴する「鯨は即ちホッブズのリヴァイアサンなりとせられた」という言葉も単なる諧謔として笑い棄てるべきではなかった)、サミュエル・バトラーの『ヒューディブラス』(一六六三―一六七八)の暴露的なプレスビテリアン攻撃、一六六〇年創立されたロイヤル・ソサエティを中心とする科学的合理主義、理神論の父とあやまり称せられているハーバート・オブ・チャーベリ卿(一五八二?―一六四八)の宗教思想、理性こそ「主の蠟燭」で「理性を遵守する者は神を遵守する」と主張するベンジャミン・ウィッチコート(一六〇九―一六八三)を中心とするいわゆるケンブリッジ・プラトン派の合理神学、シャフツベリ伯（アントニー・アシュリー・クーパー（一六七一―一七一三））の「道徳感覚」を強調する利他の道徳哲学、それとは対照的にシニカルな現実暴露に終始するバーナード・デ・マンデヴィルの『蜂の寓話』（一七一四）――こうした精神風土の中にあって、スウィフトはモンテーニュ（一五三三―一五九二）やラ・ロシュフコー（一六一三―一六八〇）に近い穏健な懐疑主義の立場に立ち、当面の敵である理神論者から国教会を守ろうとする。抽象的で曖昧で空想にのみ訴えるピューリタン（「桶物語」のジャック）と、シニカルな合理的現実暴露を事とする自由思想家（「桶物語」の近代の著者）に対して中間的正道（Via Media）として英国国教会を押し立てようとする。理神論者の振りまわす自然と理性は抽象的空想的な合理主義者の両極端なのである。スウィフトは理性と同時に人間の行動の動機としての自己愛を容認しようとする。

"Although reason were intended by Providence to govern our passions, yet it seems that, in two points of the greatest moment to the being and continuance of the world, God hath intended our passions to prevail over reason. The first is, the propagation of our species, since no wise man ever married from the dictates of reason. The other is, the love of life, which, from the dictates of reason, every man would despise, and wish it at an end, or that it never had a beginning."(「宗教についての考え」)。感覚の証拠と経験の教えるところを尊重し良識を働かせる、これが正しい理性である。この理性と聖書とがスウィフトの人生の指導原理であり、その具体化が英国国教会である。その国教会牧師としてスウィフトは誤謬のひしめき合う現実社会に直面する——ここにスウィフトの諷刺文学の生まれる時代的基盤がある。この関連において、有名なスクリブリーラス・クラブのことを想起することは無意味ではない。一七一三年、アーバスノット、スウィフト、ポープの三人を中心として(ゲイ、オクスフォード、パーネルなどを加えて)結成されたこのクラブは、アーバスノットが科学を、ポープが美術を、スウィフトが世間知をそれぞれ担当して、学界の虚偽と欺瞞の諷刺を目的とした「マータイナス・スクリブリーラスの人生と作品」と題する書物を合作で出版しようとした。しかし、アン女王の死と共にこのクラブはわずか半年足らずで解散したので、実際に書かれて残ったのは「スクリブリーラスの回顧録」第一巻だけであるが、『ガリヴァ旅行記』は本来この合作書の一部をなすものとしてクラブのメンバーによって構想されたものであることが「回顧録」を読むとわかる。こういうクラブが生まれるような空気に包まれたスウィフトの周囲であったことを忘れてはならない。スウィフトの諷刺文学は漱石の言うような「常規を外れた現象」では決してなかったのである。

（二）

漱石は「桶物語」の本筋は三人兄弟の親ゆずりの上衣(うわぎ)をめぐる寓意物語で、その間に「本文とは全く無関係の叙述即ち digression」がある。この digression（脱線）は「書物戦争」と共にどこかスターンに似たところがあるので、スターンと結び付けて論ずる方が興味があるから後回しにする、と言っている。そのローレンス・スターンに関する講義はついに実現されなかったので、漱石が「桶物語」とスターンをどういう風に関係づけて論ずるつもりであったか、我々は知ることが出来ない。とにかく我々としては、「桶物語」とほとんどその六十年後に書かれた『トリストラム・シャンディ』との関係よりも、当面の問題として、「桶物語」の中において上衣の寓意とそれとは「全く無関係の叙述即ち digression」とが何故あのような形で結び合わされねばならなかったか、また、「桶物語」と「書物戦争」と「精神の機械作用に関する説（人工神憑(かみがかり)の説）」の三篇が何故一冊の本に合わせて出版されねばならなかったか、即ち、同じ時期に執筆されたからという単なる偶然から合本されたのか、それとも、三者の間に作的動機、気分、技法などの点で一冊の本に合わせて出版されるだけの内面的理由があったためであるか——こういう点について漱石の意見を聞きたかった。また、漱石は「奴婢訓」について、「彼は真面目に是等の教訓を与へて居るのか、それとも諷刺的にこんな事を云つてるのか、素より説明をも与へて居らんから、読者の常識に依て判断する外はない」と言っているが、従僕の項の初めに、「嘗て自ら従僕の一人たるの光栄を持った」ことがあり、現在税関につとめている男が自分の過去「七年間の実際経験ばかりでなく、思索と観察の成果」から後輩の召使たちに教訓を与えているのであることがはっきり書いてあるから、これを見落とした(?)のは漱石の不注意と言わなければならない。漱石がこうした説明の不十分や不注意な見落しをしたというのも、結局スウィフトの物の考え方と諷刺的手法についての検討が十分でなかったためと言わざるを得ない。だから、『ガリヴァ旅行記』についても第四編「馬の国」を、スウィフトがヤフーによって人間をやっつけフイヌムによって理想像を描いたものと考えて、これを「人間に対する大侮辱大諷刺である」ときめつけ、ここにスウィフトの「厭世文学」の精髄を発見するという結果になったのである。

ところが、漱石以後の諸家の研究によって明らかになったように、スウィフトは決して正面から物を言うことをしない仮面(ペルソナ)の作家である。「桶物語」における仮面は、「グラブ街の賢者」(「桶物語」第一章「序論」)で狂人である。彼等の笑うべき愚劣な言動、極端過激な主張、空想的で非常識な議論がそのまま展開される。極端を暴露することによって、その滑稽さを読者に悟らしめ、常識的に“Via Media”の存在を暗示しようとするのが「桶物語」の諷刺的手法である。「桶物語」の語り手は近代主義盲信のグラブ街の貧乏文士(上衣の寓意のジャックもピーターも理性よりも空想に訴える狂人論法の使用者である点において同断である)、「書物戦争」を語るのは頑固で狂信的な(今度は)古代主義者の三文文士(スウィフトのパトロンのサー・ウィリアム・テムプルが古代主義者であったからスウィフトが本気で古代主義を支持したと考えるのは間違いである。スウィフトは古代近代の両方を笑っている、そんな下らぬ論争に躍起になっている狂信的態度を嘲笑しているのである)、精神の機械作用を主張するのは霊魂を否定する極端な肉体論者である。彼等の愚鈍と欺瞞とそのあやつるごまかしのレトリックを暴露しようとする点でこれら三篇は共通の目的と意図を持っているのであり、使用されている諷刺的手法も三篇を通じて同一である。三篇が一冊の本にまとめて出版された理由はここにある。スウィフトはアイザック・ビッカースタフという架空の占星術師の名前で「一七〇八年の予言暦」を発表し、山師ジョン・

パートリッジの死を予言する。これが有名なパートリッジ‐ビッカースタフ文書事件の発端であるが、スウィフトの諷刺的方法の一つの特徴がここにうかがわれる。即ち、敵が使っている武器をそのまま逆用し、敵に同意している振りを装い敵に代ってその主張を陳述する、その結果笑うべき結論に到達することによって、読者をして敵の主張の間違いを自覚させる。こうした手口を用いた代表的な作品は「キリスト教廃止反対論」(一七〇八)や、「コリンズの『自由思想に関する談話』の摘要」と題する宗教的パンフレットである。また、有名な「アイルランドの貧家の子女がその両親並びに祖国にとっての重荷となることを防止し、かつ社会に対して有用ならしめんとする方法についての私案」(一七二九)と題するグロテスクな提案も当時の宰相ロバート・ウォルポールの地主階級擁護政策を逆手に取った痛烈な諷刺である。

富国の要件として人口の増加を奨励し、英国(正確にはイングランド)の繁栄をはかることが為政者の目的であるならば、むやみやたらに生み落とされるアイルランドの赤ん坊を金持の食卓に上せる食品として増産することが一番良い方法ということになるからである。こういう諷刺的態度と方法がスウィフトの作品に一貫して現われているのを見、更に、『ガリヴァ旅行記』においても第一編から第三編までは同じ方法態度で政界学界への諷刺が行われていることを考えると、第四編「馬の国」だけが例外だと考えることは不可能となってくる。即ち、フイヌムがスウィフトの理想像でヤフーが彼の嫌人思想の爆発であるとする見方はスウィフトの物の考え方やその諷刺的手法に反していると言わざるを得ない。他の作品との関連においてスウィフトの諷刺的手法を考えることをしなかったことが漱石の「馬の国」解釈の欠点の第一の点であるが、更に「馬の国」について漱石の見落としていると思われる点が三つある。

（a）十七世紀にはこの種の哲学的空想旅行記が一種の流行になっていたという事実である。古くはシラノ・ド・ベルジュラックの『日月両世界旅行記』（一六五七：一六六二）から、ドニ・ヴェラスの『セヴァランブ人の物語』（一六七〇年代）、ガブリエル・ド・フォワニの『南大陸ついに知られる』（一六七六、英訳一六九三）、クロード・ジルベールの『理性人の島の物語』（一七〇〇）などの類書が批評家によって指摘されている。注意すべきことは、これらのユートピア旅行記が高潔な異教徒の住む理想社会を描いているものとして、キリスト教を攻撃する安全な手段を自由思想家に提供したことである。スウィフトがこれらの自由思想家を国教会の敵として忌み嫌っていたことは前述の「コリンズの『自由思想に関する談話』の摘要」などの宗教的パンフレットや、「良心の証言について」、「世界の叡智(えいち)について(あるいは、キリスト教の卓越性について)」などの説教を見れば明瞭である。スウィフトはスクリブリーラス・クラブのメンバーの協力を得て当時流行の空想旅行記の定型を利用し、自由思想家の気に入りそうな理想的生物の住む架空の世界を造り上げ、そこに住むフイヌムによってシャフツベリやボリングブルックなどの prefect felicity(利他博愛の道徳哲学と「自然と理性」を強調する楽観主義的哲学の夢見る理想)を、ヤフーによってホッブズからマンデヴィルに至る現実暴露を事として宗教と道徳を否定する犬儒主義を嘲笑しようとしたのである。ヤフーが人間の持つ悪性だけを取り出して誇張した戯画であることは何人(なんぴと)にも明瞭であるが、フイヌムについての事情をわかりやすくするために具体的実例を一つあげておこう。「そもそもこれらの高貴なるフイヌムたちには、あらゆる美徳に向かう性向が自然によって授けられており、理性的な生き物には悪があるという考えがないため、その大いなる行動原理は、理性を培い、理性によって全面的に支配されることなのである。」(『ガリヴァ旅行記』第四編「フイヌム国渡航記」第八章)——「理性そのものは正しく真実であるが、あらゆる個々人の理性は脆弱(ぜいじゃく)で揺れ動いており、興味、情念、悪徳によって絶えず動揺変転させられている」(「三位一体についての説教」)——この二つの引用を読みくらべると、フイヌムが「自然と理性の光以外の光は持たない古代の異教徒」であって、「宗教の原理によって導かれる良心以外には、堅固(けんご)でゆるぎないいかなる美徳の拠り所も存在しない」という真実を知らない理神論者の戯画であることが納得出来る。

（b）フイヌムもヤフーも「人間」ではない、馬の国は人間の社会ではない、キリスト教とその具体化である(とスウィフトの確信する)英国国教会とを欠いた架空の世界である。ガリヴァ自身がこの事実を見落としたため、彼は人間社会を憎悪するという誤った結論に陥ってしまった。歩きつきや身振り、声音や話し方までもフイヌムに似て来て、人間の世界を棄てて馬の国に永住するつもりになってしまい、やむを得ず英国へ帰った後も妻や子と一緒に居るだけでもたまらなくなってしまう(という風に描かれている)ガリヴァは、明らかに、作者スウィフトの単なる代弁者ではなく、スウィフトの諷刺の対象の一つとなって笑われているのである。小人国、大人国では人間世界の相関性を表わすための方便であり、ラピュタでは作者の単なる代弁者であるガリヴァが、この馬の国ではスウィフトの諷刺の対象となっていることは注目すべき事実である。「馬の国」にスウィフトの救いようのない厭世嫌人の声を聞き取った漱石は、ガリヴァのおかしたと同じ間違いをおかしていると言われても仕方がないであろう。

（c）この第四編にはドン・ペドロ船長を初めとする善良で親切なポルトガル人の船乗りが出て来る。「彼の名はペドロ・デ・メンデスといい、実に礼儀正しく親切な人だった」……「その船長は賢い男で」……「また実に素晴らしい人間味のある理解力に加えて、その態度全体がとても親切なので、私は彼と一緒にいることが心底嫌でなくなり始めた」（第九章）という描写を見ると（更に、大人国の賢い王様や親切な乳母グラムダルクリッチの存在などを合わせて考えると）、誤った両極端とそれから引き出された誤った解答を暴露嘲笑しているスウィフトは、同時に、真の人間性、人間の道徳性は別の所にあるということを暗々裡（あんあんり）に語っているのだと思われてくる。スウィフトは漱石の考えたような極端な厭世家ではなかったのではないか（勿論、楽天的な性格でなかったという意味では悲観的であったろうが）。

（三）

人としてのスウィフトについては、何分（なにぶん）十八世紀の昔のことで現代的な意味の科学的な伝記は残されてはおらず、断片的な思い出や逸話とか、友人たちへの手紙やいわゆる「ステラへの日誌」中の記述などによって推測するほかはない。想像される人間スウィフトは反語や皮肉を好み、いたずら好きな性分で、「笑うのが好きな首席司祭(dean)」とか「陽気なヤフー」とたわむれに呼ばれたくらい笑いを好む陽気な一面があったらしい。「私は何よりも取るに足りないもの(la Bagatelle)を愛す」という彼の老年の述懐から「些事(Trivia)」が彼の守護神であったと言う人もある(William Alfred Eddy)。女性に対しても一部の逸話が誤り伝えているような高圧的な(レズリー・スティーヴンのいわゆる)残忍な態度を取る男でなかったことはヴァネッサのスウィフトに宛てた手紙などが証明している。決して単なる病的な人間嫌いではなかった。スウィフトが如何に英国国教会擁護に熱心であったかは(先にも触れた)「キリスト教廃止反対論」などに明らかであり、国教会の敵である自由思想家の排撃に努力したことはいくつかの説教を見れば明瞭である。それらの中にはスウィフト独特の諷刺的手法によって書かれたものがありはしても、漱石のように、スウィフトが「諷刺を与ふる目的者の利害に関しては無頓着(indifferent)」であったとは決して言えない。漱石自身スウィフトが「義侠心(ぎきょうしん)もあり又慈悲心もあつた」人であることを例証しており、「公人として愛蘭土(アイルランド)の為めに尽すに当つては、猶更(なおさら)私利私慾を離れた立派な愛国者であつた」と言い、また、「彼は熱心なる宗教家で、又宗教家として自分の職分を怠るやうな人では無かつた」ことを認めている。こういう考えに基づいて漱石が人としてまた牧師としてのスウィフトの考察を進めて行ったならば、スウィフトの諷刺が冷酷なる犬儒主義であったとか、その「厭世文学」が「人間に対する大侮辱大諷刺」であるとかいう結論には決して到達しなかったはずである。沢山の政治的パンフレットを書いて親しい政治家のために戦ったスウィフト、アイルランドのために英国政府を相手取って筆戦を敢えてしたスウィフト、たとえパロディの蔭にかくれてであるとはいえ、「桶物語」においてあれほどキリスト教の歴史と宗派と信条に対する深い関心を示しているスウィフト、そのスウィフトが自分の生涯の職として選んだ英国国教会の牧師としての任務に冷淡であったと考えることは理屈から言ってもおかしなことである。従来はスウィフトの文学作品の研究と彼の人としての（教会人としての）研究とが遊離分裂している傾きがありはしないか。文学作品からだけスウィフトを見て、彼を厭世嫌人の皮肉屋ときめこむ誤謬の生まれる一つの原因がそこにあるように思われる。「桶物語」のある個所の描写がスウィフトの信仰に対する誤解を生み、それが彼の宗教界における昇進を妨げたと言われているが、それでもダブリンの聖パトリックの首席司祭の要職に就いたのだから、当時でもスウィフトの真意を理解する人々のあったことは確かである。スウィフトが牧師として職務に忠実で、教区民に対して慈悲深い良き牧師として敬愛されていたことにはいろんな証拠がある。また、「最近聖職に就いた若き紳士への手紙」(一七一九)にはめずらしく正面から彼の牧師としての考えが述べられており、いたずらに聴衆の感情や空想に訴えるような説教は避くべきこと、理性と聖書に基づき会衆に「まず人々に何が彼等の義務であるかを教え、それから義務が如何なるものかを人々に納得させること」の必要を説き、「宗教的神秘」を非難する無神論、理神論、自由思想等に対処する心得を教えている。「世界の叡智について」や「良心の証言について」などの説教を見ると、理論だおれの空疎な抽象的理想を排し、天啓を信じ神を信頼する信仰の必要を強調する真剣な牧師スウィフトの姿がうかがわれる。しかしスウィフトが生来いたずら好きの性分であり、セント・ジョン(ボリングブルック)がたわむれに評して「露悪家」と言ったようにいわゆる露悪的な傾向がスウィフトにあったことは、彼の友人たちの語っている「隠された宗教」(Lecky)のいくつかの事例が示す通りで、そんなことがスウィフトの信仰の正しい理解を妨げる原因となったかも知れない。

スウィフトの哲学嫌いは彼の性癖の一つの特徴であった、抽象的な理論や「体系づくり」を彼は「近代の蜘蛛(くも)」(「書物戦争」)として軽蔑する。空疎な理想や狂信的熱中を嫌ったことは「桶物語」の風神派の学者(Aeolists)の諷刺的叙述となって現われ、「真理への猛烈な熱情はほぼ確実に、苛立ち(いらだち)か、野心か、高慢となるだろう」(「宗教についての考え」)という言葉にも明らかである。実際家スウィフトとしてはキリスト教、その具体化としての国教会こそ人間の則るべき行為の規準であって、それを擁護することが牧師としての彼の義務であると信じた。「私は自分自身を、聖職者の資質において、私に割り当てられた地位を守り、できるだけ多くの敵を説得するために神慮によって定められているると見ている。私の行動理由は正しいと思うが、最大の動機の一つは神慮の喜びと我が国の法律への忠誠にある」(「宗教についての考え」)。そして、その「神慮の喜び」は聖書の中に明示されている。神慮(即ち聖書)と理性(即ち教会)の両者に導かれる時、「(両極端の間)中間を選ぶことは(以上述べられたことから)容易である」(「チャールズ一世の殉教についての説教」一七二五)ということになる。教会がその具体化であるところの理性は感覚と経験と良識に支えられた実際的な徳の道である。理神論者どもが金科玉条として振りまわす理性は行き過ぎた極端であり、誤った単純化である。神秘は理性を超えたものではあるが、理性に反するものではない、「神は理性に反するようないかなる教義も私達に信じろと命ずることはないし、それを聖職者に説くように命ずることもないのは明らかである。理性は神が私達に賦与して下さったのであるが、神は自らの賢明な目的のために神が命じられたものの本性を私達から隠し、それによって私達の信仰と従順とを試し、私達の神への信頼を大きくする」(「三位一体についての説教」)。こうした思想的立場の上に、国教会の牧師として、混乱した時代の世相や人間性に潜む弱点を考察、批判、検討した結果が、宗教的パンフレットとなり、説教となり、諷刺的文学作品となったのである。その生まれて来た根元は一つである。従って、スウィフトを冷酷な皮肉屋とか破壊的で否定的な諷刺家と見なすこと、その作品を「人間に対する大侮辱大諷刺である」とする見方は、間違っていると言わざるを得ない。

最後に残された問題が一つある。それは『ガリヴァ旅行記』第四編「馬の国」についての疑問である。以上に述べたスウィフトの時代的背景、その諷刺的方法、その教会人としての思想などから考えて、この「馬の国」は、両極端の思想傾向を暴露し、ガリヴァが陥った結論を嘲笑した諷刺作品であって、その点において、この『旅行記』の他の三編は勿論、「桶物語」その他の初期の作品などと同じ種類の作品である——ここまで一応納得した上でもなおかつ、この一編を人類罵倒の陰惨な地獄図と受け取る読み方が従来専ら行われて来たこと、また実際それが一般読者としての素直な受け取り方であることも同時に認めなければならないのは何故であろうか。「馬の国」を不愉快でむかつくような人間冷罵と感ずるのは漱石だけではない。「……そして憤り——スウィフトの『ガリヴァ』における憤りはあまりにも私には苛烈すぎる、私は『エレホン』におけるバトラーの憤りを好む……」(E・M・フォースター「私に影響を与えた本」)と言うのはひとりフォースターだけではあるまい。このことについてもいろんな解釈が行われている。「桶物語」において見事に成功したスウィフトの諷刺的手法が「馬の国」では出来栄えが完璧とは言えないので、後者は或る意味で不成功の作品であるという見方、いやそうではない「馬の国」は「馬の国」で「桶物語」とはちがった円熟した深刻な作品であるという意見などさまざまであるが、このことだけははっきり言って差し支えないであろう——「馬の国」のヤフーの生態の描写や、ガリヴァが主人である馬に向かって語る人間社会、特に、弁護士、医者、政治家の性質や習慣の説明などには、思わず知らず本音が出てしまったといったような調子が多分にありはしないか、即ち、諷刺的手法の枠を越えた作者の主観的感情(憎悪)の露出があるのではなかろうか。これについては、スウィフトが『ガリヴァ旅行記』出版(一七二六)の準備をしていたころ友人アレグザンダー・ポープに宛てて書いた手紙(一七二五年九月二十九日)の中の記述が或る示唆を与えてくれる。「……しかし、ジョンだとかピーターだとかトマスだとかは心から愛していますが、私はだいたい人間と呼ばれる動物を嫌い憎んでいます、……タイモン式じゃありませんが、この人間嫌いという大土台の上に私の『旅行記』の全構築は行われています……」。人間性と人間の社会全般に潜む虚偽と愚劣を憎む厭世的な気分にはちがいないが、決してタイモン式の嫌人冷罵ではないのである。同じ手紙の少し後の所で友人アーバスノット博士の病気を心から気づかっていることを言った後に、「おお、もし世界に一ダースのアーバスノット以外には誰もいないとしたら、私は私の『旅行記』を燃やしてしまうことでしょう」と書いているので明らかなように、個々の人間の善良性を信じ愛する気持は強かったのである。こうした複雑な気持で、宿痾（しゅくあ）の悪化しかけた老年のスウィフトがこの第四編を執筆したという事実に、彼の諷刺的方法の奇妙な乱れが現われてくる原因があるのではなかろうか。

（一九六六年八月）

解　説

深町弘三

一、作品について

「奴婢訓」

これは一七四五年スウィフトが死んだ直後に初めて出版された遺稿であり、かつ（遺憾ながら）未完成品である（未完成であることは、第六、第七章や第十一章以後がほとんど覚え書きの程度を出ていないことを見ても、明瞭である）。しかしこれをスウィフトが書き始めたのはかなり早い頃だったらしい。一七三一年八月友人の詩人ゲイに宛てた手紙に、スウィフトはこういうものを書いていることを語っているし、翌三二年の六月詩人ポープに宛てた手紙には、「奴婢訓」が大分進捗（しんちょく）したから近く出版してお目にかけるつもりだ、と言っている。要するに、その頃から暇な折々に彼は「奴婢訓」の筆を執っていたと考えてよかろう。

或るスウィフト全集の編纂者も言っているように、スウィフトは初め、「宿屋における召使のつとめ」のように正面から真面目に奴婢に教え指図する文章を書いているうちに、皮肉に裏から僕婢の悪習を発く形式の方が一層効果的でかつ面白いものが出来ると考えて、途中から趣向を変えたものらしい(ここにスウィフトの物の考え方の特徴が暗示されている)。嘗て自ら従僕をやったことがあり、下僕生活の表裏によく通じた一人の男がこれを書いたことになっている(そのことは本文中の「従僕」の部分を見ると書いてある)。その男が、現在下僕をしている仲間の者達に与える指図の形で、自分の過去の経験から割り出して、どうしたら主人をごまかし欺くことが出来るか、主人に気取られずに骨惜しみをするにはどうするか、役得をせしめるにはどうしたらよいか、などを教えるのである。全篇にわたって、僕婢に通有の悪習、悪癖が並べたてられているのは、そうしたわけなのである。

それで一応この作品の形式については納得がいくわけであるが、それでも尚、こういう形式の作品を何故スウィフトは書くようになったかの説明はつかない。その点を考えることが、スウィフトの諷刺の本質論とつながりを持って来る。それについて私は、昭和二十三年十月、仙台において英文学会東北支部大会席上で研究発表を行ったが、ここにその要点をかいつまんで記してみると――森鷗外の小説「鶏」の主人公石田は、別当虎吉という下等な人間を徹頭徹尾軽蔑(けいべつ)している。が同時に、いろんな芸をやる飼犬や檻(おり)の中で滑稽な仕草をする猿を見ているように、面白がっている。「奴婢訓」におけるスウィフトは、下等な人間を自分と対等の人間と見ようとしない軽蔑の深刻さにおいて、石田よりも更に徹底している。ただ、スウィフトには石田のように面白がるだけの余裕がない。スウィフトは常に冷然としている。そして、恐ろしく生真面目で、本気である。僕婢は元来下等な人間である。それをまともな人間と考えて腹を立てるのは、そう考える方が間違っている。犬は犬なんだから犬として扱えばいい。極めて論理的である。そして、そこに感情が少しも伴わない。heartless logic である。スウィフトの諷刺の本質は、理知と合理性にある。だが、合理性も論理の極端にまで行くと狂気になることは、フランス革命などの証明する所である。rational madness がスウィフトの晩年の作に見られる所以(ゆえん)である。こういう態度で、スウィフトは、嘗ての従僕が現在の仲間への忠言、指図という形を借りて、召使の持っているあらゆる悪習悪癖――だらしなさ、自堕落さ、不正直、利己心、狡猾(こうかつ)、不精さ、横柄さ等々を微に入り細をうがって、曝(あば)き立てる。これだけ欠点ばかり書き並べられると、下僕自身がこれを読んでも、自分のことを書かれているとは思わなくなるにちがいない。そして、読んでいるうちに思わず会心の笑みを洩らすようになる(ここに諷刺という形態の文学としての基盤がある)。『ガリヴァ旅行記』の馬の国で、人間の持つあらゆる卑しさ、汚さ、下劣さ、醜さの凝り固まりみたいな動物ヤフーの記述を読んで、自分もその一人である人間というものの姿を、実感としてそこに感ずる読者は先ずいないだろう。むしろ反対に、丁度対岸の火事を見物しているような一種痛快な快感をすら味わうだろう。しかし、それは火事が対岸に起こっている場合だけの話である。その美しい見ものである火事がこちらの岸にも起こり得る現象であり、こちらの岸に一度起これば、家も人もすべてを焼きつくす猛火であることを、賢明な読者は考えなければならない。そこにスウィフトの諷刺の真価がある——

不正へのはげしい怒りや醜さへの憎悪がスウィフトにおいては対象への軽蔑となる。その軽蔑がはげしければはげしいほどスウィフトは対象の上に醜いイメージを積み重ねるのである。

なお、この「奴婢訓」が我々の興味をそそる点が今一つある。それは十八世紀初頭英国の一種の風俗絵図をこれが展げて見せることである。現在の文明の世に住む我々には想像もつかぬ不便、不衛生、乱脈なロンドンであった。ガス、電気、自動車、電話、道路の舗装は勿論なかった。台所では石炭で料理をし、部屋の照明は蠟燭(しかも獣脂蠟燭)であり、市中を走る唯一の乗物は馬車で、夜は松明で道を照らさなければならなかった。電話がないから、お使いには従僕が走らなければならない。舗装のない道路は雨が降ると下水が溢れて、ぬかるみとなり、靴は泥んこ、婦人のスカートは泥まみれ。うっかり町を歩いていると、窓から汚いものを投げかけられる。男も女も夜は室内で便器に用を足した――

「アイルランドの貧家の子女が……」

これは一七二九年の作である。一七一四年、トーリー党政府の瓦解と共に政界に希望を失ったスウィフトはダブリンに引っ込み、聖パトリック寺院のディーンとしての静かな生活を送っていたが、英国政府の誤った政策のために窮乏悲惨の極に陥っていたアイルランドの様子を見るに見かね、持ち前の義俠心に駆られ、アイルランド愛国の志士として、時の英国政府に対し一矢を放つべく、筆を執って立った。そこから生まれた一連の作品があるが、その中でも諷刺の辛辣さにおいて最もすぐれているのが、この「私案」である。右に言ったように、その作的動機の真剣さから言えば、この「私案」は決して単なる戯文とは言えない。アイルランドの窮乏はその極に達していた。この難局を切り抜ける道は唯一つしかない。貧民に子供を生ませ、それを食べ物として売って儲(もう)けることである。この提案の皮肉の辛辣さは我々に恐怖を与える。しかも、「私案」を書くスウィフトの筆は淡々として冷静である、真面目な顔をして冗談を言っているとしか思われない。要するに、スウィフトにとっては、もうお上品な言辞を弄(ろう)したり、冷静な提案をしたりしている時ではなかった。そんなものは今までにいやというほど言ったり書いたりしていた、今こそ人を笑わせる陽気なものが必要なのであった。「怒っても、怒鳴っても駄目」だから、皮肉と嘲笑(ちょうしょう)でいらだたせ、笑わせてやる——そういう気持でこの「私案」は書かれたのである。

右の二篇を訳出するに当たって使用したテキストは——

The Prose Works of Jonathan Swift, D. D.

(In 12 volumes. Edited by Temple Scott.)

(Bohn's Standard Library)

なお作品の性質上、訳註はなるべく付けない方針で進んだが、やむを得ないものだけを付しておいた。

二、スウィフト略年譜

一六六七年　スウィフト(Jonathan Swift)、アイルランドのダブリンで生まれる(十一月三十日)。しかし、生粋のアイルランド人ではない。英国のヨークシャーの家柄で、父の代にダブリンへ来たのである。その父はスウィフトの生まれる七カ月前に死んでいた。姉が一人あった。

一六八二年(十五歳)　ダブリンのトリニティ・カレッジに入学。これより先、スウィフトが三歳の時に母は故郷のレスターへ去り、彼は伯父ゴドウィンの世話になっていた。幼にして事実上は孤児の境遇にあったわけである。学校の成績は悪かった、決して善良な生徒でもなかった。これは生まれつきの性格のせいというよりも、不愉快な境遇の生んだ不幸な結果であったろう。一六八六年、トリニティを卒業。

一六八八年(二十一歳)　名誉革命(ジェイムズ二世が王位を追われ、オレンジ公ウィリアムが迎えられて王位に即く)。スウィフトはダブリンを去り、しばらくレスターの母の許に居たが、母の生活も苦しいので、スウィフト家と遠い縁故のあったウィリアム・テムプルの許に身を寄せることとなった。テムプルは有名な政治家、外交官で、当時はサリー州ファナム近くのムア・パークに隠棲していた。スウィフトはその秘書という名目であったが、実際は召使であった。

一六九四年(二十七歳) 一時テムプルの許を去り、アイルランドへ行き、僧職に入る。deacon, priest の資格を得、キルルートの寺禄(年百ポンド)を獲得した。

一六九六―一六九九年(二十九―三十二歳) 再びテムプルの許に帰り、テムプルの死までムア・パークに留まる。テムプル家滞在中の一番大きな収穫はその図書室における読書であった。後の生活に大きな関係を持つこととなる女性エスター・ジョンソン(ステラ)と出会う。ステラはスウィフトより十四歳年下で、スウィフトは彼女に読み書きを教え、彼女はこの若き秘書を愛し尊敬した。スウィフト初期の文学作品として有名な「桶物語」と「書物戦争」が出版されたのは一七〇四年であるが、実際に書かれたのは、一六九六年から九七年にかけてのことであった。

一七〇〇―一七一〇年(三十三―四十三歳) ダブリンから二十マイルの一小村ララカーの牧師の職に就き、聖パトリック寺院僧会の手当と合わせて、年に二、三百ポンドの収入を得る。ステラ、友人ディングレイ夫人と共にダブリンに来て住む。自己の才能に対する強い自負心と、権勢を求める野心と、おのれ以下の小人輩が重用されている世間に対する不平不満とでスウィフトはじっとしておれなかった。この十年間のうち四年間を彼はロンドンで送った。当時著名の文人アディソン、スティール等と相知る。スウィフトの悪戯(いたずら)好きの性格と彼の筆の力とを示す有名な「ビッカースタフ文書」事件(一七〇八年)が起きる。

政争の渦中に入る。当時はホイッグ党の天下で、スウィフトは親しいサマーズの紹介でマールバラ、ゴドルフィン等の要路の大官に近付き、盛んに政治、宗教に関するパンフレットを書き、同時に昇進の機会を摑(つか)もうと努力した。スウィフトは現実的な支配欲に燃える野心家であった。文学的名声などは念頭になかった。ホイッグ党政府はその彼を満足させなかった。彼は怏々(おうおう)として楽しまず、最後の一年はララカーに蟄居(ちっきょ)して、不平を内訌(ないこう)させていた。一つには、スウィフトは終始一貫、国教主義者であったから、宗教問題に関してホイッグ党の政策と相容れないものがあったのである。

一七一〇―一七一四年(四十三―四十七歳)　ホイッグ党失脚、トーリー党の天下となる。

同党の二巨頭ハーレイ、セント・ジョン（後のボリングブルック子爵）はスウィフトの親友であった。ロンドンに現われたスウィフトは忽ち政界、社交界の花形となった。この四年間が彼の生涯における華々しい得意の絶頂であった（この頃スウィフトが、アイルランドに残したエスター・ジョンソンの許へ書き送ったのが、有名な「ステラへの日誌」である）。「イグザミナー」紙を一手に引き受けるほか、パンフレットその他により、盛んに政論宣伝の筆を揮った。スウィフトの恐るべき筆の威力は、従来政治家の単なるお雇い記者にすぎなかった政論家の地位を一躍高める結果となった。しかし、そのスウィフトの政論も今日我々が読んでは別に文章として魅力のあるものではない。それは「言葉と言うよりも行為であった」。実際的効果が眼目であった。剣術の目的は型の美しさでなく、敵の心臓を突き刺すことにある。この罵倒、人身攻撃の武器を握らせてはスウィフトに優る名手はなかった。「ホイッグは彼の諷刺を恐れ、トーリーは彼の援助を失わんことを恐れた」。そして、スウィフトは筆の力によって得た威力をもって、猛獣使いのような威丈高の態度で、時の貴顕大官を威嚇し、思うままに引き回した。

この大きな勢力を利用して、彼は友人のために尽くすことを忘れなかった。しかも肝心の自分自身のために得た具体的なものは、僅かにダブリンの聖パトリック中央寺院の首席司祭の地位にすぎなかった。ここに自尊心の強い彼の性格が見られる。

一七一四年、アン女王の死と共に、トーリー党の天下は終わり、スウィフトの権勢も一場の夢と化し去ることとなった。

一七一四年(四十七歳)　ダブリンに引っ込む。「翼を切られ、鎖につながれた檻の中の淋しい鷲」であった。若い頃から兆候を見せていた彼の持病(眩暈と耳聾)が、この頃からますます激しくなった。この病気の自覚がどれほど彼の憂鬱を深めたかは容易に想像出来る。最後には頭が狂うのではないかと心配していたことも察せられる。これはもっと後のことであるが、詩人ヤングに向かって、スウィフトはこう言ったと伝えられている――「私はあの木に似ている、頭から枯れていく」。

一七二四年(五十七歳)　当時アイルランドは、英国政府の誤った政策(英国の地主階級の利益を保護するため、産業経済面におけるアイルランドの競争を抑圧することがその根底をなしていた)のため、疲弊、窮乏のどん底に陥っていた。スウィフトは元来アイルランドが嫌いで、ダブリンに住まねばならぬ境遇を追放の身と嘆じていた位であったが、悲惨な国状を眼前に見るにつけて、持ち前の正義感と義侠心が湧いて来た。以前から、アイルランドの救済、復興のため沢山(たくさん)のパンフレットを書いているが、中でも有名なのが、この一七二四年の「ドレイピア書簡」である。英国政府がウッドという男にアイルランドの銅貨鋳造のパテントを与えたことに端を発したこのスウィフトの猛烈な政府攻撃の火の手は、英国政府を震え上がらせ、スウィフトは一躍アイルランドの国民的英雄となった。

一七二七年(六十歳) スウィフト最大の文学的傑作『ガリヴァ旅行記』が匿名で出版される。

一七二八年(六十一歳) ステラの死。彼女の髪の毛の一束を入れた紙包みの上に、スウィフトは"Only a woman's hair"と書いたという。

一七二九年(六十二歳) 「アイルランドの貧家の子女が……」を書く。「奴婢訓」もこの頃から、ぽつぽつ書いていたものと推察される。

一七三五年(六十八歳) 晩年のスウィフトをレズリー・スティーヴンは、「崩壊する一大帝国を思わしめる」と言っている。サッカレイは、エルバ島におけるナポレオンに比している。数人の良き友と平和な日を送ることがないではなかったが、また、幾篇かのすぐれた詩を書いてはいるが、例の持病はますます頻繁になり、かつ長く続くようになり、精神錯乱の兆しはますます濃厚となった。

一七四〇年（七十三歳）　この年スウィフトがホワイトウェイ夫人に宛てた手紙が残っているが、スウィフト全集の編輯者（へんしゅうしゃ）ウォルター・スコットによると、これが「この著名なるスウィフトの、理性あり省察ある人間として書いたものとしては、おそらく最後のものであろう」。これから後は完全な狂人で、肉体の苦痛に襲われる凶暴な状態か、あるいは、たよりない小児の如き痴呆状態の連続であった。最後の三年間に口を利いたのは僅かに一度か二度しかなかった。

一七四五年（七十八歳）　十月十九日午後三時、スウィフトは死んだ。遺骸はダブリンの聖パトリック中央寺院に葬られた。彼自身の選んだ墓碑銘の中の文句が言っているように、墓の下だけが、「猛（たけ）き怒りも最早その心臓を切り裂くこと能（あた）わざる所」であった。

遺書を見ると、遺産は全部癲狂院（てんきょういん）建設の資金とすべきことが規定してあった。この遺書を作った当時のスウィフトが、後年おのれ自身の狂人とならねばならない運命をその時すでに予想して、この遺産処分の方法を決定したのだと見られないことはない。しかし、スウィフトに自分自身の死を詠じた戯詩があるが、その詩の一節に次の文句があることを考えると、この遺産処分のことも別様の解釈が出来るわけである——

「持てるささやかの富を遺(のこ)し
愚者狂人の家を建てぬ、
これをもて皮肉にも示しぬ、
そを必要とすることこの国民にまされるはなきことを」

〔編集付記〕

今回の改版にあたり振り仮名や送り仮名等の表記の整理を行った。

また、深町弘三氏の「漱石のスウィフト」を新たに追加収録した。その底本には『山形大学紀要（人文科学）』第六巻第二号（昭和四十二年一月発行）を用い、こちらも収録にあたって表記の整理等を行った。

（岩波文庫編集部）

奴婢訓（ぬひくん） 他一篇　スウィフト作

1950年5月30日　第1刷発行
2021年3月12日　改版第1刷発行

訳　者　深町弘三（ふかまちこうぞう）

発行者　岡本　厚

発行所　株式会社　岩波書店
〒101-8002　東京都千代田区一ツ橋2-5-5

案内 03-5210-4000　営業部 03-5210-4111
文庫編集部 03-5210-4051
https://www.iwanami.co.jp/

印刷・三陽社　カバー・精興社　製本・中永製本

ISBN 978-4-00-322099-3　　Printed in Japan

読書子に寄す

——岩波文庫発刊に際して——

岩波茂雄

真理は万人によって求められることを自ら欲し、芸術は万人によって愛されることを自ら望む。かつては民を愚昧ならしめるために学芸が最も狭き堂宇に閉鎖されたことがあった。今や知識と美とを特権階級の独占より奪い返すことはつねに進取的なる民衆の切実なる要求である。岩波文庫はこの要求に応じそれに励まされて生まれた。それは生命ある不朽の書を少数者の書斎と研究室とより解放して街頭にくまなく立たしめ民衆に伍せしめるであろう。近時大量生産予約出版の流行を見る。その広告宣伝の狂態はしばらくおくも、後代にのこすと誇称する全集がその編集に万全の用意をなしたるか。千古の典籍の翻訳企図に敬虔の態度を欠かざりしか。さらに分売を許さず読者を繋縛して数十冊を強うるがごとき、はたしてその揚言する学芸解放のゆえんなりや。吾人は天下の名士の声に和してこれを推挙するに躊躇するものである。このときにあたって、岩波書店は自己の責務のいよいよ重大なるを思い、従来の方針の徹底を期するため、すでに十数年以前より志して来た計画を慎重審議この際断然実行することにした。吾人は範をかのレクラム文庫にとり、古今東西にわたって文芸・哲学・社会科学・自然科学等種類のいかんを問わず、いやしくも万人の必読すべき真に古典的価値ある書をきわめて簡易なる形式において逐次刊行し、あらゆる人間に須要なる生活向上の資料、生活批判の原理を提供せんと欲する。この文庫は予約出版の方法を排したるがゆえに、読者は自己の欲する時に自己の欲する書物を各個に自由に選択することができる。携帯に便にして価格の低きを最主とするがゆえに、外観を顧みざるも内容に至っては厳選最も力を尽くし、従来の岩波出版物の特色をますます発揮せしめようとする。この計画たるや世間の一時の投機的なるものと異なり、永遠の事業として吾人は微力を傾倒し、あらゆる犠牲を忍んで今後永久に継続発展せしめ、もって文庫の使命を遺憾なく果たさしめることを期する。芸術を愛し知識を求むる士の自ら進んでこの挙に参加し、希望と忠言とを寄せられることは吾人の熱望するところである。その性質上経済的には最も困難多きこの事業にあえて当たらんとする吾人の志を諒として、その達成のため世の読書子とのうるわしき共同を期待する。

昭和二年七月